La isla de la última verdad

Novela

Flavia Company

La isla de la última verdad

Planeta

PEFC Certificado

Este libro procede de
bosques gestionados
de forma sostenible

PEFC

PEFC/14-38-00305 www.pefc.es

Avda. Diagonal, 662-664, 08034 Barcelona (España)
www.planetadelibros.com

Adaptación de la cubierta: Booket / Área Editorial Grupo Planeta
Imagen de la cubierta: Getty Images
Primera edición en Colección Booket: abril de 2026

Depósito legal: B. 24.910-2026
ISBN: 978-84-08-31810-1
Composición: Realización Planeta
Impreso en España

Biografía

Flavia Company es escritora, traductora y periodista. Licenciada en Filología Hispánica. Escribe en catalán y en castellano y ha publicado relato, poesía, novela y literatura infantil. Destacan, entre otras, las novelas *Ni tú, ni yo, ni nadie* (Premio Documenta 1997), *Dame placer* (finalista del Premio Rómulo Gallegos 1997), *Melalcor* (2000), *La isla de la última verdad* (2010), *Que nadie te salve la vida* (2012), *Haru* (2016), *Magòkoro* (2019), *Los nueve libros* (2025). Con el heterónimo Andrea Mayo ha firmado, entre otras, la novela *La planta carnívora* (finalista del Premi Llibreter 2021). Con el heterónimo Osamu, el volumen de meditaciones *Teoría de la resta* (2022). Su obra ha sido traducida en Brasil, Francia, Italia, Holanda, Portugal, Polonia, Estados Unidos y Alemania. Está considerada una de las voces más inclasificables de la literatura actual.

He intentado poner aquí al descubierto, con la falta de reserva de una confesión de última hora, los términos de mi relación con el mar que, habiéndose iniciado de manera misteriosa, como cualquiera de las grandes pasiones que los dioses inescrutables envían a los mortales, se ha mantenido irracional e invencible, sobreviviendo a la prueba de la desilusión, desafiando al desencanto que acecha diariamente a una vida intensa; se ha mantenido repleta de las delicias del amor y de la angustia del amor, enfrentándolas con lúcida alegría, sin amargura y sin quejas, desde el primer hasta el último momento.

JOSEPH CONRAD,
El espejo del mar

Cuando la ensoñación se confunde con el recuerdo, y el cansancio y la angustia se erigen en amos y señores, uno debe recurrir a toda suerte de argucias para no abandonarse al desespero. Mi situación no difería demasiado de la del condenado, encerrado en una oscura mazmorra, a quien se le da de comer y beber a las horas más disparatadas e imprevisibles. Me asustaba perder la noción del tiempo.

CRISTINA FERNÁNDEZ CUBAS,
El año de Gracia

He intentado poner aquí al descubierto, con la falta de reserva de una confesión de última hora, los términos de mi relación con el mar, que, habiéndose iniciado de manera misteriosa, como cualquiera de las grandes pasiones que los inescrutables dioses envían a los mortales, se ha mantenido racional e inmutable, sobreviviendo a la prueba de la desilusión, desafiando al desencanto que acecha diariamente a una vida intensa; se ha mantenido repleta de las delicias del amor y de la ansiedad del amor, enfrentándolas con una alegría sin amargura y sin queja, desde el primer hasta el último momento.

JOSEPH CONRAD,
El espejo del mar

Cuando la enamorada se confunde con el recuerdo y el recuerdo y la añoranza se erigen en omnipresencias, uno debe recurrir a toda suerte de artimañas para no abandonarse al desespero. Mi situación no difería demasiado de la de un condenado encerrado en una oscura mazmorra, a quien se le da de comer y beber a las horas más dispares e imprevisibles. Me asustaba perder la noción del tiempo.

CRISTINA FERNÁNDEZ CUBAS,
El ángel de Lucca

Prefacio

No recuerdo quién me presentó al doctor Prendel. Sí sé, en cambio, que fue en casa de Martin Fleming, el psiquiatra, durante una reunión de catedráticos de la facultad para celebrar su ascenso de vicedecano a decano, y que enseguida me cautivó su actitud parsimoniosa, taciturna, y aquella displicencia con que miraba a su alrededor, como si supiera con exactitud qué podía pasar y qué podía ser dicho.

También recuerdo que fue Amy Fleming, la esposa de Martin, quien me explicó la especie de leyenda que circulaba en torno al doctor Prendel. Además, no hacía demasiado tiempo y de manera casual, Amy había conocido a la dentista de Prendel, y ella le había comentado que por el estado en que tenía la dentadura cuando llegó por primera vez a su consulta, se veía con claridad que su dieta había sido irregular durante una larga temporada. Este hecho no demostraba pero sí fortalecía la historia de que Prendel, que era un experto navegante, había naufragado años atrás, cuando su velero, el Queen, había sufrido el ataque de un barco pirata. Había perdido la tripulación y el barco. Solo había conservado la vida, un bien que, en según qué circunstancias, es relativo. La cuestión es que Mathew Prendel desapareció durante cinco años. Y, de pronto, llevaba ya unos cuatro de vuelta en Nueva York el día en que me lo presentaron. Desde entonces, lo habían invitado en más de una ocasión a las reuniones que por uno u otro motivo se organizaban en casa de los Fleming, a las que en el pasado había asistido muy de tarde en tarde. Todo el mundo se moría de ganas de ver a un náufrago de cerca. El doctor Prendel, sin embargo, no había aceptado ir ninguna vez hasta aquel día, después del cual no quiso regresar nunca más. Según la opinión de los que en algún momento habían compartido un rato con él, estaba irreconocible, no solo por su aspecto físico, sino, sobre todo, por su carácter. Decían también que lo que lo había hundido de verdad no había sido la experiencia del naufragio sino la noticia, a su vuelta, de que su padre había muerto solo, allá bajo el tórrido sol de Texas, sentado en la única silla de su jardín de césped escaso. Parece que el padre le había pedido muchas veces a Prendel que no lo dejase morir solo.

Entre los que lo habían conocido más de cerca también había quien decía que aquel no era Prendel, aunque, como es natural, nadie se lo dijo a la cara, y yo nunca, después, le hice saber que lo negaban de aquella manera. Bastante desgracia tenía, mi pobre doctor, con el hecho de ser incapaz de reconocer a nadie del pasado, como si haber naufragado le hubiera borrado la memoria. Más tarde me di cuenta de que no era amnesia, sino rechazo.

El doctor era un hombre delgado, alto, de manos

grandes. Fuerte y atractivo, sin duda. El cabello negro ya canoso. Cojeaba levemente de la pierna derecha. Tenía cuarenta y cinco años y vivía de rentas. Nadie sabía en qué consistían esas rentas. Había quienes especulaban con la posibilidad de que la aseguradora del barco le hubiera pagado una indemnización millonaria, pero era una hipótesis sin fundamento. Nunca quiso relatar a nadie su aventura. Decía, eso sí, que un naufragio era una experiencia tan íntima que, por poco pudor que se tuviera, uno debía guardársela para sí mismo. Desde su regreso a Nueva York, Prendel era el tema preferido de aquellas reuniones. Y parece que de nuevo lo fue después de aquel día en que aceptó asistir. Yo tampoco volví.

Era fácil darse cuenta de que, en realidad, no quedaba nadie que lo conociera de verdad: había perdido a su pareja años atrás, a los amigos durante el ataque, al padre en su ausencia. Mathew Prendel estaba solo y, además, era un solitario, y quizá fue eso lo que me hizo sentir una complicidad inmediata con él, la sensación prodigiosa de reconocer en su mirada una demanda justo a mi medida.

De todo esto del naufragio yo no me había enterado porque los últimos cinco años de mi vida había estado fracasando en un matrimonio sin futuro e impartiendo clases de Literatura Inglesa en la Universidad de Viena, la ciudad más parecida a una postal que he visto en mi vida. De los vieneses había aprendido, entre otras cosas, a contener mi carácter, impulsivo y alocado, y a adoptar una actitud discreta delante incluso de lo que más estimulaba mi curiosidad, como por ejemplo un ataque pirata en pleno siglo XXI. Cuando me pusieron delante de Prendel, no obstante, tuve la sensación de que conocía a Conrad o a Stevenson. «Tienes demasiada literatura en la cabeza», habría dicho mi abuelo. Y habría añadido: «Ojo con ese muchacho, chiquilla, se te ve en la mirada que te ha gustado y hay algo en él que no te conviene».

En ningún momento puse en duda la leyenda. En ningún momento pensé que se trataba de una historia edulcorada, una anécdota sencilla adornada hasta el extremo y que, por ejemplo, Prendel hubiese perdido su velero a pocos metros de la costa de África por alguna causa más prosaica, como una colisión con una roca o el abordaje de otro velero de recreo y, más tarde, los rumores lo hubieran convertido en una gesta heroica. Tuve claro que no podía preguntárselo porque, tal y como me había dicho Amy y todos los que se habían topado con él alguna vez sabían, Mathew Prendel siempre había mantenido la más absoluta reserva sobre el tema. De forma que me senté a su lado a beber whisky y a escuchar cómo hablaba de las máscaras africanas, que, en realidad, eran símbolos religiosos con la función de equilibrar la vida de los poblados. «Bebe demasiado —habría dicho mi abuelo—, y eso siempre es por algo, Phoebe, la gente siempre se bebe en forma de alcohol las cosas para las que no encuentra solución».

Prendel había sido cirujano y, más tarde, profesor en la Universidad de Columbia. Pero su auténtica pasión era la mar. Era capitán de yate. Su voz, ronca y viril, sonaba por encima de las otras, o eso pensé yo. Y también pensé que ser médico lo habría ayudado a superar el naufragio. Y que ser capitán de yate lo habría acostumbrado a estar solo. Y que hay gente dotada para naufragar, gente entre la que nunca podría contarme yo, catedrática de Literatura Comparada que apenas sabía nadar.

Mi amistad con el doctor Prendel fructificó con rapidez, quizá porque, a ciertas edades, la capacidad de riesgo, si se conserva, resulta ser inmensa.

Hemos sido amantes durante casi siete años. Uno de mis objetivos era durar más que su naufragio. Como si se pudiera establecer alguna clase de rivalidad o competición con un naufragio. «Siempre quieres vencer a contrincantes imposibles, Phoebe; contrincantes que ni siquiera lo son. Has salido a tu madre». Mi victoria ha sido amarga y, en realidad, efímera, porque un naufragio dura mucho más que un naufragio. Es como una linterna: ilumina lo que se le manda y lo que no.

Me pidió que no contara su historia hasta después de su muerte. Pero que la contara. «Usted que sabe de literatura, doctora Westore, y que ha navegado conmigo, usted puede escribirla». Siempre nos tratamos de usted; era nuestro juego. Y le prometí que lo haría. Es absurdo, pero las promesas a los moribundos son imperativas. Absurdo porque está claro que al muerto no puede importarle que se lleven a cabo. La gente suele cumplir con mayor celo las promesas hechas a los muertos que las que pacta con los vivos. «Escribiré su historia, doctor Prendel —le aseguré—. Pero antes tendrá que relatármela». Después de siete años durmiendo a su lado, no me había contado ni un detalle. El asalto por sorpresa de la enfermedad lo cambió todo. «Todos sabemos que tenemos que morir —me dijo—, pero no somos conscientes hasta que nos llega la hora». Me acordé de lo que decía mi abuelo: «Quizá la muerte es lo mejor de la vida. Habrá que verlo».

Historia del naufragio de Mathew Prendel

Phoebe Westore

Primera parte

1

La primera incongruencia que ocupa la cabeza de Mathew Prendel es la de pensar, justo cuando siente la aspereza de la arena húmeda contra la cara, que no sabe si está vivo. Es noche cerrada, y no sabe tampoco si la vida es una suerte. Recuerda el infierno de sal pasado en las últimas horas. Cómo ha sido capaz de llegar hasta una playa es una incógnita. Ni siquiera sabía que hubiera un islote, a una distancia que él pudiera cubrir nadando. Las últimas coordenadas tomadas con el GPS, que él había anotado meticulosamente en la carta, quince minutos antes del ataque, les daban una latitud y una longitud de alta mar a días de navegación de cualquier punto de tierra firme. Estaban a más ochocientas millas de la costa oeste de África. Habían salido de Jamestown una semana atrás y calculaban llegar a Santo Tomé, si todo iba bien y el viento se lo permitía, en ocho o diez días más.

Katy Bristol estaba en la bañera, recogiendo el

spinnaker. El viento, aunque suave, había rolado y la vela ya no les aguantaba el rumbo. Frank Czerny estaba en la cabina, preparando unos bocadillos para el almuerzo. Mathew gobernaba. Avanzaban a unos siete u ocho nudos, con viento de través; una cantidad suficiente de nubes, nada amenazadoras, los defendía del calor abrasador de un sol de las doce del mediodía en aguas atlánticas, en un punto unas quinientas millas al suroeste de las coordenadas que unían el ecuador con el primer meridiano. Katy aseguró el tangón en cubierta, bajó a la cabina con el *spinnaker* bien plegado y guardado en la bolsa, hizo una broma sobre la cocina precaria de Frank en voz muy alta, para que la oyera también Mathew, y volvió arriba. Llevaba los prismáticos. Era aficionada a usarlos incluso cuando no había nada concreto que mirar excepto el horizonte, que, a pesar de parecerse siempre tanto a sí mismo, cambiaba según el estado de ánimo de quien lo contemplaba. Comentaban la fiesta que iban a hacer cuando pasaran el ecuador. Katy insistía sobre todo en el tema del menú, quería que hiciesen una comida especial, estaba cansada de bocadillos y latas. Los tres estaban más o menos de acuerdo en que se habían ganado una celebración. Mientras hablaban, Katy iba mirando con los prismáticos. De pronto, con un tono no demasiado tranquilizador, dijo: «Hay un yate por babor. A tres o cuatro millas. No veo qué bandera lleva. Parece grande». Todavía no les llegaba el ruido de su motor.

Mathew sospechaba que Katy tenía miedo. Unos colegas con los que habían coincidido en el puerto de Jamestown, en la isla de Santa Helena, les habían explicado historias espeluznantes de piratas que atacaban con una crueldad tan innecesaria como invariable a los navegantes de la zona. Era extraño, porque el pirateo solía tener lugar en la costa este del continente africano, pero les aseguraron que en aquellas aguas operaba como mínimo un barco peligroso que había causado la desaparición de más de un velero. No era su objetivo principal, porque se dedicaban al contrabando, pero si se encontraban con alguno, lo saqueaban.

Frank, que la había oído, sacó la cabeza por el tambucho.

«Quizá podríamos cambiar de rumbo. Podríamos navegar de ceñida un rato y perderlos de vista. ¿Qué te parece, Matt?».

Pero Mathew no compartía, en mala hora, los temores de sus tripulantes. El doctor Prendel quería cumplir con el calendario que se había marcado y ahora que avanzaban con rumbo directo hacia su destino no tenía ganas de desviarse. No era la primera vez que navegaba en aquellas aguas, y nunca le había pasado nada con pirata alguno, aunque a menudo había oído hablar de ellos.

«Seguimos —les dijo—. Quedará como una anécdota en el cuaderno de bitácora: barco avistado a tal hora, latitud, longitud, rumbo tal. Frank, ¿cómo va ese almuerzo?». El silencio de los compañeros lo hizo reflexionar. «De acuerdo —accedió—, si vemos que se acerca a propósito hacia nosotros, cambiaremos el rumbo».

Pero en la navegación, como en la vida, hay que

cambiar de rumbo antes de topar con el obstáculo. Si se espera demasiado, se choca. Es cuando empieza a llegar el mal tiempo, cuando hay que reducir trapo, porque cuando se tiene la tormenta encima ya es mucho más difícil y, a veces, tan arriesgado como imposible.

«Vienen directos», informó Katy, que no había soltado los prismáticos ni siquiera para coger uno de los bocadillos que había subido Frank. «Matt, vienen muy directos y no hay duda de que nos han visto. O bien tienen problemas y necesitan ayuda o bien nos crearán problemas y los que necesitaremos ayuda seremos nosotros».

Mathew miró hacia donde señalaba Katy. Ya no eran necesarios los prismáticos para ver el barco. Debía de tener unos sesenta pies de eslora. Unos cuantos más que el Queen, que tenía cuarenta y dos. Debía de ir con una tripulación considerable. Por mucho que viraran, si los perseguían los alcanzarían. Vela contra motor: estaba claro. La única solución —aunque llamarla solución era de un optimismo espectacular— era enfrentarse a ellos.

«Katy, baja y enciérrate en tu cabina. Frank, busca en el cofre de estribor una caja de aluminio, coge la pistola que hay dentro. Y después enciérrate tú también».

«¿Pistola? ¿Por qué vas armado?».

«¿Te parece este un buen momento para explicártelo?». El doctor Prendel era un hombre pragmático, resoluto.

Katy no se había movido. No pensaba esconderse en la cabina. Quería defenderse, si era necesario, con las propias manos. Frank le dijo que las órdenes del capitán no podían ponerse en cuestión. Katy le contestó que cuando uno se jugaba la vida, sí que se podía. Discutieron unos minutos ante el silencio impertérrito de Prendel. Es fácil que la gente no esté de acuerdo cuando se trata de morir. Tampoco cuando se trata de vivir. Es fácil que la gente no esté de acuerdo.

«Da igual. No hay nada que hacer. Estamos perdidos. Son piratas —anunció el capitán—. Son depredadores. Tendríamos suerte si conserváramos la vida. Pero no confío en ello. En absoluto».

Entonces Prendel pensó que no tendría que haberle cambiado el nombre al velero, que la leyenda de que la mala suerte persigue a las embarcaciones a las que les cambian el nombre era cierta y que ahora se confirmaba una vez más. ¿Por qué él no podía tener un barco que se llamase Mary? ¿Cómo podían pesar tanto los recuerdos?

El capitán puso el barco al pairo. Era mejor esperarlos, mostrar una total disposición a ser saqueados. Y así lo explicó a sus compañeros. No hay una sola manera de ser víctima, pero Prendel estaba convencido de que mostrar rendición era la óptima. Se quitó los guantes y se apoyó en la rueda a comer el bocadillo de queso. Pensó que quizá era la última comida de su vida. Miró a Katy y a Frank y les dijo que lo sentía mucho, que sentía mucho haberlos embarcado en aquella aventura cuyo final se vislumbraba cercano y trágico. Le contestaron que no debía sentirse culpable. El miedo los mantenía tensos y prudentes.

«¿Qué podemos darles? ¿Qué esperan encontrar aquí?». Lo preguntó en voz alta, pero no obtendría respuesta. La conocía. Katy sabía que no llevaban nada de valor, salvo algo de dinero, poco, y quizá sus portátiles. Pero aquello les parecería pura quincalla.

El Queen se balanceaba perezoso y calmado. Las drizas golpeaban suavemente contra el palo. El horizonte redondo quedaba roto solamente por la silueta del barco que se les acercaba. Frank encendió un cigarrillo.

«Me he quedado con las ganas de subir los seiscientos noventa y nueve escalones de la Jacob's Ladder», dijo. Durante los días que habían pasado atracados en el puerto de Jamestown, Frank había intentado convencer a sus compañeros para ir a ver la isla desde la cima; y para hacerlo, bastaba con superar los seiscientos noventa y nueve escalones de aquella escalera estrecha y empinada que subía por la montaña. Katy y Prendel lo habían mareado con excusas hasta que por fin hubieron zarpado sin subirla. Confesar que era algo que le quedaría por hacer era una sentencia de muerte. «¿Y vosotros? ¿Qué os habéis dejado por hacer?».

El doctor Prendel calculaba el tiempo que tardarían en ser abordados. ¿Cinco minutos? ¿Diez?

«No lo sé, Frank. Si esto se acaba aquí, me quedo con ganas de todo. Solo tengo treinta y seis años. ¿Y tú?». Se dirigía a Katy.

«Yo tengo treinta y ocho, como Frank. Me habría gustado tener un hijo. Pero mira, ahora se quedaría huérfano».

Si hablaban con tanta claridad de la muerte inminente es porque no creían en ella. Creer en ella tal vez los habría salvado. Quizá habrían enviado un mensaje de socorro por radio, si se hubiesen sentido amenazados hasta ese punto.

El aspecto de los piratas era anodino. Ningún tipo de marca o característica los delataba. En cambio, no había duda de que lo eran. Cinco hombres en cubierta. Tres negros y dos blancos. Sin armas a la vista. El abordaje fue rápido. Se abarloaron al Queen con una velocidad y eficacia experimentadas. Hicieron firmes cabos a popa y a proa. Dos hombres subieron al Queen y ordenaron a Prendel, que se identificó como capitán, que él y todos los tripulantes se tiraran por la borda. Prendel, al ver que hablaban inglés, intentó dialogar con ellos.

«No llevamos nada de valor», les dijo.

El que parecía llevar la voz cantante no tardó en contestarle.

«Nos bastará con el velero. Tiraos al agua».

«Vamos a morir», era Frank.

«Tarde o temprano, sí», dijo otro de los hombres. Y en aquel momento sacó un arma. Era obvio que se estaban impacientando. «Pero si lo preferís, podemos mataros nosotros, ahora mismo».

«Dejadnos al menos que bajemos el bote salvavidas», imploró Katy.

El hombre que acababa de sacar el revólver disparó sobre el bote.

«Está inutilizado», aclaró de manera innecesaria.

Era una sensación terrorífica la de sentir miedo

y no tener a dónde huir. Mathew veía que la situación no tenía salida, pero tenía que intentarlo.

«A ver, el dueño del velero soy yo, quiero decir, yo me tiro al agua, ¿de acuerdo?, pero a estas dos personas las desembarcáis en puerto o las dejáis cerca de alguna costa, para que puedan llegar nadando».

«¿Estás negociando con nosotros? ¿Crees que estás en condiciones de negociar?». Hizo un ademán. El que llevaba el revólver disparó e hirió a Frank en un brazo.

Prendel, desesperado, sacó el arma. Tuvo tiempo de disparar solo una vez y, de manera inesperada, le dio a uno de los que se había quedado en el barco pirata. El hombre cayó al agua y se hundió enseguida. La respuesta de los piratas, encolerizados por la muerte de uno de los suyos, no se hizo esperar. Empezaron a disparar. Mientras se tiraba por la borda, Mathew Prendel vio que Frank y Katy caían abatidos. Prendel nadaba con furia, consciente de que era difícil sortear los disparos en aquella mar en calma. Los hombres, sin embargo, no insistieron. ¿Para qué gastar balas si Prendel acabaría por morir de todos modos? Agotado o presa de algún tiburón. De hambre o de sed. De desesperación. De soledad.

2

Prendel no nota que el agua está fría hasta que ve cómo se aleja la popa del barco pirata. En el espejo todavía llega a ver escrito el nombre: Solimán. Remolcan su Swan 42; le han arriado las velas, lo han vencido. Aun así, sin proponérselo, Prendel admira su línea; se puede decir que ha tenido el barco de sus sueños. Se puede decir que ha hecho algunos de sus sueños realidad. Se pregunta si es esto lo que cuenta, ahora que es el momento de hacer balance.

Se extraña de sentir frío justo cuando se va el enemigo. Los observa. No tiene otra cosa que hacer. Sabe que nadar, ahora, es inútil. La única esperanza es que pase un barco, pero sabe que es improbable; tanto, que es casi imposible. Se va a morir. Esta idea le provoca un escalofrío que antes no había sentido. En poco tiempo habrá hecho dos cosas radicales: matar y morir. De morir lo único que le sorprende es la manera. De matar, todo. Nunca habría pensado que sería capaz de matar a nadie, ni siquiera en circunstancias extremas. Aunque hacía tiempo que no ejercía, el hecho de ser médico le pesaba de una manera contundente. Eso pensaba él. Y, en cambio, había comprobado que su instinto de supervivencia funcionaba como el mecanismo de un reloj suizo: con silencio y precisión. Ya no le serviría de nada.

Al cabo de poco, ve que lanzan por la borda los cadáveres de Katy y de Frank. Mathew no se lo perdona. Se va a morir con la pena de haber sacrificado a sus amigos; los únicos que había tenido en Nueva York en todos aquellos años, desde que su familia había abandonado Baltimore y se había trasladado a la Gran Manzana para que él fuera a la universidad. Recuerda cómo los convenció para que lo acompañaran: era el mes de abril y Prendel acababa de estrenar un año sabático. Había ido a buscar a Frank y a Katy a su librería náutica. La habían inaugurado seis años atrás. Frank y Katy eran amigos, y de vez en cuando amantes, desde la época universitaria. Los dos habían estudiado Biología Marina. Era la hora de comer y los invitaba a donde quisieran, aunque ya sabía la respuesta si era Frank quien escogía; siempre proponía ir a PJ Clark's por si topaban con una antigua novia suya, guía turística, de la que todavía estaba enamorado.

«Tengo que explicaros un sueño que acaricio desde hace muchos años y que ahora, por fin, puedo hacer realidad», les dijo en el camino de la Cincuenta y siete a la Cincuenta y cinco. Y poco a poco, mientras devoraban una de aquellas famosas hamburguesas, los había ido seduciendo. Saldrían en mayo, para aprovechar los vientos portantes. Ya habían navegado con el Queen, alguna vez, y sabían que era confortable y seguro. De los gastos se ocuparía él. También de los preparativos. Si había pedido un año sabático había sido gracias a unas inversiones en la bolsa que le habían reportado unos beneficios más que generosos. Las vidas que llevaban los esperarían allá quietas. De la librería podían hacerse cargo los dos vendedores que tenían contratados. Estaban hablando de cinco meses, seis a lo sumo.

«Tenemos que hacer cosas en la vida que más tarde tengamos ganas de recordar. Mirar atrás y sentir que ha valido la pena. Repasar nuestra historia y sentir que no se parece demasiado a ninguna otra, que nos es propia, que nos la hemos inventado. Somos jóvenes. Tenemos que hacerlo ahora. Ahora. Yo ya no puedo más con esta vida previsible. Hagamos lo que hagamos, acabaremos muriéndonos. Vale la pena hacer lo que deseamos, ¿no?».

Prendel sabía muy bien que todo el mundo lleva dentro a alguien con ganas de romper con la rutina, alguien con ganas de demostrarse que es singular, alguien que repite que la vida es solo una y que hay que aprovecharla. Sabía, además, porque la práctica de la medicina se lo había mostrado en más de una ocasión, que cuando la gente recibe un diagnóstico mortal, una de las primeras cosas que siente es arrepentimiento y tristeza por no haber hecho nada especial con la vida que le ha sido dada. Y eso fue lo que les explicó.

Todo el mundo lleva en su interior a alguien que se cree mejor que el que vive por fuera. Y Prendel se dirigió al ser que sus amigos llevaban dentro. Y acertó, porque no supieron decir que no.

Ahora, en cambio, piensa que no fue un acierto, sino una manipulación injusta. Ahora que flota en un cementerio improvisado se siente culpable. Tendrían que haber huido cuando Katy vio el barco. O después. Tendrían que haberlo intentado. Tendría que haber confiado en la intuición de Katy o, más simple todavía, respetar su miedo. Pero el miedo, cuando no es contagioso, es tan intransferible como el deseo o el asco. Tiene la sensación de que se ha rendido sin oponer resistencia. No es capaz de perdonarse, no es capaz de decirse que ha actuado como lo ha hecho porque ha pensado que era la mejor manera de conservar la vida. Se siente estúpido. Se indigna.

Ha temido muchas veces morir en la mar, pero nunca había imaginado que sería de aquella manera. Había tenido miedo de los temporales, de las calmas. Miedo de la costa, incluso, cuando la había visto demasiado cercana en días de temporal. De la oscuridad. Qué cierto era que la vida nos prepara sorpresas inimaginables hasta en los terrenos que más creemos dominar.

Como le parece peor resignarse a morir quieto que morirse en movimiento, empieza a nadar. Pero antes, y como si pudiera tener alguna importancia, calcula dónde queda la costa más cercana. Intenta recordar: en el momento del ataque se encontraban a unas 700 millas al norte de Jamestown; la isla de Ascensión les quedaba casi 600 millas al suroeste; está claro que le queda más cerca Costa de Marfil que Gabón, aunque la diferencia entre morir a 600 o a 800 millas de la costa es, en última instancia, irrelevante. Por fin se decide: hacia el norte. Se burla de su instinto de supervivencia y se conforma pensando que lo hace para dar sentido a cada brazada. Piensa que dar sentido a las cosas forma parte inevitable de las aspiraciones humanas y ahora, en su situación, aislado como nunca antes en la vida, si hay una sensación que predomina es, sin duda, la de ser profundamente humano.

Quedan unas cuantas horas de sol. Se abrasará antes de ahogarse. Prefiere morir en el agua que en el fuego. Prefiere no morir en absoluto. Intenta imaginar que tiene el barco al lado y que se está dado un chapuzón, por si puede disfrutar un instante más antes de dejarse invadir por el terror. Hace inventario. Va vestido con una camiseta roja de manga corta, unos vaqueros y unos zapatos náuticos resistentes, una auténtica ironía si piensa lo poco que va a poder caminar. En los pantalones lleva una navaja multiusos y en la muñeca un reloj con brújula, barómetro, termómetro, alarma y cronómetro. El revólver lo ha perdido cuando ha saltado al agua. Le han quedado colgadas de una cinta, al cuello, las gafas de sol. Se las pone para mirar a su alrededor sin deslumbrarse. A pesar de que tiene claro que es una de las últimas imágenes que verá en la vida, se emociona por la belleza. Le gustaría explicarle a alguien la sensación de plenitud que experimenta. Entiende, de pronto, el aquí y ahora.

Por la noche la temperatura del agua bajará y él experimentará una leve hipotermia, pero no será suficiente para matarlo. La muerte le llegará por culpa de la sed. Y el tópico se apodera de él: ¡con tanta agua alrededor! Pero sabe muy bien que no puede ceder a la tentación: si bebiera agua de mar se deshidrataría mucho más rápidamente. ¿Y qué?, piensa. Es muy extraño el instinto que provoca que te aferres a la vida cuando sabes que no tienes posibilidad alguna de sobrevivir. En condiciones normales tardaría entre tres y cinco días en morir deshidratado. Dadas las circunstancias, todo irá más deprisa. Hasta ahora ha creído que, a veces, ha tenido ganas de morir. Ahora se da cuenta de que no. Nunca las ha tenido. No sabía lo que era enfrentarse a la propia muerte.

Sigue nadando No es un gran nadador. No respira bien, se cansa. Vuelve a hacer el muerto. Boca arriba. Suerte que de vez en cuando una nube tapa el sol. Mira la hora. Son las cuatro. El tiempo ha pasado deprisa. Tiene las manos y los pies arrugados. Le pica la piel. Nota rampas en las piernas. Le gustaría dormirse un rato. Le gustaría comer algo. Sobre todo le gustaría beber. Imposible. Está en el corredor de la muerte. Toca la navaja en el bolsillo. La espera le resulta insoportable. Podría utilizarla y acabar. La vida no se decide. La muerte, sí. Coge la navaja, la abre. ¿Venas a la altura de la muñeca? ¿Yugular? Respira hondo.

No ha podido. Matarse, no. Nunca. Que venga ella y se lo lleve. Que le cueste. No piensa regalársela. ¿Qué se ha creído? Mathew Prendel es un superviviente. Esta no es la primera vez que la tiene cerca. Más de una vez, cuando se ha ido lejos de las aglomeraciones de la gente que se mueve en tierra, para encontrarse, para sentir la libertad de no estar en su lugar y de responder solo ante sí mismo, el precio ha sido casi perder la vida. Una vez tras otra ha comprobado que la única victoria que concede la mar es la supervivencia. Hasta ahora. Esta habrá sido su última travesía. Ahora está solo para siempre. Hay un punto amargo en el pensamiento de que nadie sabrá jamás de su muerte hasta dentro de mucho tiempo. Que nadie podrá sentir su desaparición en el momento en que tiene lugar. Él ha podido lamentar la muerte de Katy y de Frank. Los ha acompañado. Los acompaña ahora que piensa en ellos sin vida.

El doctor Prendel piensa en su padre viudo, allá en Georgetown, aquel pueblo perdido de Texas al que van a parar muchos de los jubilados bien situados de Estados Unidos.

«¿A Texas? ¿Por qué te vas a Texas? ¿Acaso no estás bien en Nueva York? Puedes vivir conmigo, si quieres».

Pero el hombre prefería el clima del sur, la calma de un pueblo.

«Si todavía estuviera viva tu madre, me quedaría aquí. Ella no soportaba los lugares pequeños, adoraba la ciudad, y más que ninguna otra, Nueva York. Acuérdate de cuando dejamos Baltimore, ¡incluso le cambió el carácter! Pero me siento solo, hijo, tú tienes tus ocupaciones y muchas veces te vas por esos mares de Dios durante meses y meses, que no sé qué se te ha perdido tan lejos de nuestro país. Estás más fuera que aquí, y yo me siento solo, hijo, y allá hay mucha gente de mi edad, gente que ha perdido a su pareja, gente que busca un sentido a los últimos años de la vida, ya lo entenderás cuando te hagas mayor».

Pero Mathew Prendel jamás se hará mayor. Y su padre nunca estará tan solo como lo está él ahora mismo, a las seis de la tarde del día en que empieza su muerte lenta.

Su padre tardará meses en saber que no volverán a verse. Le destrozará el corazón, y lo sabe. Dirá: «Cuántas veces le dije que se dejara de aventuras, que sentara la cabeza, cuántas veces le dije que no acabaría bien».

Tiene setenta y un años. Su madre tendría ahora sesenta y uno, si estuviera viva. La muerte no prestó atención a la diferencia de edad. Se la llevó cinco años atrás en menos de un mes. El hígado.

Mathew era hijo único. Le habría gustado tener un hermano. Piensa, no obstante, que seguro que ahora estaría con él, y este pensamiento lo consuela y lo angustia al mismo tiempo.

Muchas veces ha sentido pena al imaginar a su padre solo, allá en la pequeña sala comedor de su casa. Sentado en el sofá de escay granate, con el televisor encendido a un volumen ensordecedor. Adormeciéndose y dando sorbos al café descafeinado servido en una taza de aquellas que conseguía con puntos que daban con los yogures o las servilletas de papel. Con la camisa y los pantalones limpios pero manchados de lamparones históricos. Y es curioso, porque ahora siente una pena todavía más profunda por él. Una pena que, supone, tiene que ver con el hecho de que sabe cuán solo va a dejarlo mientras su padre piensa que sigue igual de acompañado.

3

Se ha hecho de noche. Son las dos de la madrugada. Está agotado. Tiene frío y miedo. No había tenido miedo mientras había luz. Ver su cuerpo a través del agua lo ayudaba a saber que no había nada preocupante cerca. El mar, cuando todo está oscuro, parece un animal inmenso de piel negra que se mueve inquieto mientras duerme y que se puede despertar en cualquier momento. Ha estado nadando algunas horas, interrumpidas brevemente para descansar haciendo el muerto. Hacer el muerto, qué expresión para un momento como aquel. Se hincharía y se lo comerían los peces. Mejor aquello que ser incinerado o enterrado. Siempre había pensado que le gustaría que tiraran sus cenizas a la mar. La mar, la tumba. Ahora no serían cenizas, sino él todo entero. ¿No era eso lo que querías? Pues ahora vas a ver. Sonríe. No ha perdido el sentido del humor. O sea que la muerte es esto: esperar, sonreír, desesperarse, no entender nada mientras se está a punto de entenderlo todo.

A su madre la habían enterrado. Después Prendel estuvo mucho tiempo teniendo pesadillas donde salían cadáveres con gusanos inmensos paseándose por ellos. Su madre, al revés que su padre, siempre le decía: «Haces bien en irte por el mundo, haces bien en valorar cosas que ni se compran ni se venden ni se miden, haces bien en no tener siempre los pies en el suelo, haces bien en empezar de nuevo». A saber si no se la encontraría, ahora. A saber si no había un lugar donde los muertos se reunían a repasar sus vidas, a comentarlas, a proyectarlas como una película. Adelante, Atrás, Pausa, Cámara lenta, Congelar imagen.

El frío había aliviado la sensación de sed. Pero le duele la cabeza. Sabe que es normal. Son los primeros síntomas de la deshidratación. Aumento de la frecuencia cardiaca y respiratoria. Espasmos, náuseas. Y después tendrá alucinaciones. Verá una isla, un barco, oirá voces. Espejismos. Verá la salvación.

Sigue avanzando. Muy lentamente. Le cuesta mover los brazos. Casi no siente las manos ni los pies. Se orienta por las estrellas. Sigue nadando hacia el continente. En el fondo más profundo de su corazón piensa que quizá podrá llegar a una zona de navegación de mercantes o de petroleros; quizá algún barco cambiará su rumbo por algún motivo impensado, tal vez por una avería. Igualmente, sigue burlándose de su instinto de supervivencia.

Navegar quiere decir saber dónde estamos, de

dónde venimos y hacia dónde vamos. En este sentido, es más difícil navegar que vivir. Ahora mismo, Prendel puede calcular dónde está. Puede calcular la velocidad a la que ha nadado, el rumbo aproximado con que lo ha hecho y el tiempo que lleva en el agua. Está navegando sin embarcación. Eso es lo que lo matará. Aunque esté perdido, no se ha perdido. Es un buen navegante. Frank y Katy lo sabían, y por eso se habían embarcado con él. Habían confiado demasiado en su pericia. O quizá no calculaban que la mar tarde o temprano te mata; la única diferencia es que, si eres buen navegante, sabes dónde estás en el momento de morir.

Mathew se recrimina el hecho de haber pensado que las cosas les pasan siempre a los otros. Todo el mundo quiere elegir. Que no me toque la marginación, que no me toque el fracaso, ni la ruina ni la enfermedad ni los piratas. Que no me toque el dolor, el hambre, el desamor. Pero le tienen que tocar a alguien.

A él sí que le tocó el desamor. Peor. Recuerda con una mezcla de nostalgia y de rabia a Mary Stradform. Profesora de Cirugía Pediátrica de su último curso en la Facultad de Medicina. Se enamoraron al cabo de unas cuantas clases. Él, en contra de su costumbre, que lo impulsaba a buscar la soledad, la invitó a tomar un café. Ella le dijo que sí. Tomaron el café. Al día siguiente se despertaban juntos en el piso de Mary. Recuerda las sábanas blancas de algodón y, encima, la ropa interior de ella, de color azul noche. El gusto salado de su piel, tan similar al sabor de las olas. El calor de sus manos. Quererla dio sentido a su vida. La presentó a los padres. Se fue a vivir con ella. Primer y último amor.

Cuando hacía poco más de un par de años que estaban juntos, llegó aquella operación. Una niña de siete años, un trasplante, un fracaso. Mary Stradform, cirujana de prestigio, se ahogaba de angustia. Perdió el pulso. Ya no tenía manos para el quirófano, decía. Había sido culpa suya, decía. La niña habría podido resistir. No había hecho bien las cosas, repetía. La había matado. Ella la había matado. Y Mary Stradform se suicidó. Desapareció para siempre. Lo dejó solo. Pero no solo como se encuentra ahora ante la propia muerte, sino solo de una soledad diferente, de la que solo se puede sentir ante la muerte de los demás.

El doctor Prendel, después, llegó a operar a niñas de siete años para vengar a Mary, para que encontrara el descanso, para desquitarse y desquitarla. Se especializó en cirugía infantil. Para salvarse y salvarla. Al cabo de poco tiempo, sin embargo, empezó a tambalearse su firme determinación y buscó refugio como profesor de la Universidad de Columbia. Había dejado atrás un buen currículum y lo aceptaron sin objeciones. No volvería a coger nunca más un bisturí. No quería volver a tener el poder de los dioses de dar y quitar la vida. Quería ser responsable solo de la suya. En círculos próximos se comentaba que había sido a causa del suicido de Mary. Muchos lamentaron su abandono. Prendel era un gran profesional. Una persona íntegra. Un hombre huraño con alma de aventurero. Pocos habían entendido su huida.

Pero el doctor Prendel no había huido. Uno no escapa de nada cuando está buscando otra cosa, y él había visto que la vida podía ser otra cosa. Que había otras posibilidades. Navegar era una manera de buscarse. De saber qué quería. De saber qué no quería. Y ahora, a pesar del frío, las manos y los pies arrugados y acalambrados, el agotamiento físico y mental, la muerte inminente, Mathew Prendel sabe que hay muchas cosas que no quiere de la vida que llevaba. Tiene claro que, para volver a lo de antes, prefiere seguir adelante, directo al destino que le está reservado en el fondo de la mar, junto a Katy, Frank y la oscuridad.

La oscuridad que empieza a desaparecer. Las primeras luces del alba iluminan el horizonte. Prendel vuelve a vislumbrar el perfil redondo del mundo. La realidad cobra vida. La noche ha sido un paréntesis desafortunado. El día ya no es un paréntesis, pero es desafortunado también. No ha sido una pesadilla. Desaparecen las bombillas que la luna ha estado encendiendo toda la noche en el agua. Ahora todo es gris. Será solo un instante. El sol no esperará demasiado para subir. Será el segundo día de un máximo de tres. Traga un poco de agua. Mal hecho. Pero la sed empieza a ser insoportable. No tiene referencias para saber dónde está. Ya no puede calcular cómo avanza. No quiere esperar a la muerte. Está impaciente por encontrarla. ¿Por qué no lo ataca ningún tiburón? Si se hiciera un corte, la sangre atraería a algunos, quizá. Pero teme que lo devore una bestia. Teme el mordisco, teme el dolor, el espanto. Durante la noche ha sufrido un sobresalto:

algo lo ha rozado mientras casi dormitaba haciendo el muerto, y se ha incorporado de una manera violenta. Ha perdido las gafas de sol. Por la noche no le ha dado importancia, pero ahora piensa que tendría que haberse preocupado un poco más, que tendría que haber intentado seguirlas, encontrarlas, recuperarlas. También piensa que no debería maltratarse, que no debería recriminarse nada de nada, que con lo que hace ya es bastante. Pero ha sido siempre su estilo, sentirse culpable, sufrir, exigirse. Quizá por eso le había ido tan bien navegar en solitario, para llegar a entender la fina pero capital diferencia entre culpa y responsabilidad. Uno no tiene la culpa de que se rompa una driza en el momento menos oportuno, pero es responsable de no haberla cambiado a tiempo. Uno no es culpable de no haber reducido trapo cuando tocaba, pero es responsable de no haber hecho caso del dicho: la primera vez que pienses que debes reducir trapo es el momento de hacerlo; después, ya no vas a poder. En tierra, por el contrario, las miradas de los otros devuelven una imagen pasada por un juicio, un juicio que muchas veces dice «culpable». ¿Por qué no había hecho solo aquel viaje? Precisamente, por el hecho de haberlo compartido con Katy y con Frank, en lugar de sentirse responsable se sentía, una vez más, culpable.

Grita. No había pensado en hacerlo hasta ahora. Grita socorro. Quizá el viento lleve su chillido hasta un barco. Grita desesperado. Tendría que haberlo hecho por la noche. ¿Por qué no lo ha pensado?

No lo ha pensado porque es absurdo. No hay

ningún barco a la vista. Y frente a millas de mar y más mar, su voz humana resulta ridícula.

Grita, grita, grita. Socorro. Auxilio.

Sabe que es inútil. Pero cuántas veces hacemos cosas inútiles.

4

Ve una isla. Ya estaba preparado para que le sucediera. Pero al verla, no puede dejar de sentir una felicidad desconocida que es de verdad una felicidad desconocida.

Cree que es hacia el mediodía del tercer día. No está seguro. Se había dejado ir por completo. Ya no esperaba nada. Ahora, sin embargo, vuelve a tener fuerzas. Como si acabara de abandonar el Queen. Tiene que dar órdenes concretas a su cuerpo, que no obedece al primer impulso. Tiene que decirle a su cerebro no que nade, cosa que el cerebro no entiende, no, tiene que decirle que mueva los brazos y los pies como si fueran aspas.

Mientras avanza se pregunta cómo es posible que no se le hayan quemado los ojos. Tiene los labios cortados y, al contacto con el agua salada, le escuecen. ¿Qué distancia debe de haber? ¿Una milla? Quizá menos. Menos, seguro. ¿Cómo es posible? Tiene claro que en la carta náutica no había ninguna isla ni islote. O él no lo recordaba... pero era imposible... no había nada más que agua.

Y entonces la experiencia, el conocimiento, la realidad hacen acto de presencia y el doctor Prendel, moribundo, se da cuenta de que ha llegado el momento de las alucinaciones, que ya le queda poco para desfallecer y que puede dejar de luchar. Que ha hecho todo lo que ha podido. Y este pensamiento lo cansa y a la vez lo descansa.

Deja de nadar y, haciendo el muerto, pierde el conocimiento.

Más tarde, desorientado por completo, la primera incongruencia que ocupa la cabeza de Mathew Prendel es la de pensar, justo cuando nota la aspereza de la arena húmeda contra la cara, que no sabe si está vivo. Es noche cerrada, y no sabe tampoco si la vida es una suerte. Recuerda el infierno de sal pasado en las últimas horas. Cómo ha sido capaz de llegar a una playa es una incógnita. No era un espejismo.

Se arrastra con esfuerzo. Se aparta del agua. Vuelve a perder el conocimiento.

***

Lo siguiente que el doctor Prendel siente son las manos de alguien que le aguanta la cabeza. Aunque no tiene fuerzas para abrir los ojos, el doctor sabe que es de día por la claridad que le llega a través de los párpados. El otro intenta darle agua para beber. Prendel se asusta. ¿Dónde está?

«Bebe, bebe», le dice. Habla su idioma. «Te

salvarás —le dice—. No te preocupes. Te salvarás. Bebe».

¿Se salvará?

El doctor Prendel bebe. Muy poco a poco. Ya no tiene sed. O no la siente. Solo quiere dormir. Para siempre. De hecho, cuando ha bebido un poco, la voz le dice «descansa». Después oye unos pasos que se alejan y nada más.

No se despierta hasta que es de noche. Abre los ojos. Le cuesta enfocarlos. Lo primero que ve es el fuego que tiene al lado. Después, un hombre. Deduce que es el hombre que lo ha salvado. Oye el sonido cercano de las olas. Levanta un poco la cabeza y comprueba que, en efecto, tienen la orilla del mar a pocos pies de distancia. Prendel está cubierto con una chaqueta. Tiene la ropa seca y siente calor. Se destapa. Intenta incorporarse, pero fracasa. Está muy débil. Se queda tumbado en el suelo.

«Me llamo Nelson Souza», suena la voz del otro en la oscuridad. Le parece que se trata de un hombre de raza blanca. En contra de su deseo, este hecho intranquiliza a Prendel. «Tendrías que comer y beber algo. Toma». Le alarga una taza con agua. Y algo sólido. «Es pescado», le dice.

Prendel acepta; está demasiado débil para preguntarse o cuestionarse nada. Bebe con ansiedad; ahora sí que tiene sed. Después come. La carne es dura y gomosa.

«Gracias», y su voz lo sorprende; no la oye desde hace días. Le sale floja. «¿Dónde estamos?», pregunta. Ahora sí, se incorpora poco a poco. Se marea. Se siente descolocado. ¿No debería estar muerto?

«En un islote minúsculo en medio del Atlántico —le responde el hombre—. Al suroeste del golfo de Guinea».

Prendel piensa que no es posible.

«No puede ser», dice.

Souza no contesta. Ahora le sirve una bebida caliente, en la misma taza de antes.

Prendel mira a su alrededor, pero no consigue distinguir nada. Quizá algunas sombras. Lo peor ha pasado. Sin embargo, está intranquilo.

«¿Eres de aquí?», pregunta Prendel a Souza.

«Tan de aquí como tú».

«¿Acaso está desierto el islote?». Prendel, a pesar de su debilidad, comprende que antes ha preguntado una estupidez.

«Del todo», le informa Souza. «Hemos naufragado en un islote minúsculo y desierto».

«¿Hemos?». Prendel acaba de masticar con esfuerzo un último trozo de pescado.

«No hace mucho más que tú que estoy aquí», le informa Nelson.

Prendel ve que el hombre lleva una venda en el tobillo.

«Estás herido», asegura más que pregunta.

«Sí, de un disparo».

La imagen del hombre que cae por la borda del barco pirata no tarda ni un segundo en aparecer en la cabeza de Prendel. Traga saliva. Ha salvado la vida para volver a perderla. No puede ser de otro modo, piensa. La vida, tarde o temprano, se pierde. ¿Un disparo?

«Tu disparo, sí». Lo mira a los ojos. Prendel piensa que tiene una mirada franca. Demasiado, para su gusto.

«Pensaba que te había matado», le aclara Prendel mientras se siente invadido por un alivio contradictorio, y piensa cuán irreversible es todo, incluso lo más extremo, en la vida. Estaba convencido de que había matado a un hombre y de que estaba a punto de morir. En cambio, ni una cosa ni la otra. Por eso la esperanza es lo último que se pierde, piensa, porque la vida tiene tanta más imaginación que los seres humanos que nunca, ni siquiera ante las pruebas más ciertas, es previsible ni definitiva.

«Ya ves que no».

«¿Por qué no diste la alerta? ¿Por qué no volviste al barco de los tuyos?».

«No son los míos», aclara Souza, lacónico. Entonces ve que Prendel mira el revólver que lleva por dentro de los pantalones, atrapado en el cinturón.

«No tienes nada que temer. Las cosas ahora han cambiado».

Prendel piensa que, en efecto, las cosas han cambiado y los hombres son lo que son según lo que los rodea.

«Quieres decir que no somos enemigos». Prendel ve con claridad que el otro ostenta un poder considerable. El otro es él más su arma. La fuerza es una manera triste pero infalible de constituir una mayoría.

«Aquí no somos nada, excepto supervivientes». Souza, que estaba de pie, se agacha frente a él y mueve las ramas; el fuego se anima. Prendel aprovecha la luz y mira a su alrededor. El perfil de una montaña baja se dibuja contra la noche de luna llena.

«¿Cómo sabes que en el islote no hay nadie más?».

«Cuando se haga de día lo verás claro. Apenas tiene seis o siete quilómetros cuadrados. Tenemos suerte de que haya agua, plantas, árboles y peces. Suficiente para sobrevivir durante una buena temporada, creo».

«¿Por qué me has salvado?». El doctor Prendel, que ha salvado tantas vidas, no entiende que un hombre haya salvado la suya.

«Uno no mata a un hombre que puede serle útil». Souza mira fijamente a Prendel.

«Pero ya debes de saber que el que le salva la vida a un hombre se hace responsable de él hasta el final de sus días...».

Nelson Souza lo interrumpe:

«Si hubiera conocido ese dicho, te habría dejado morir. De todas formas, quién sabe si conseguiremos salir de aquí algún día».

«Hombre, algún barco, pronto...».

«Ni un barco ni pronto ni nada de nada. Este islote queda muy apartado de todas las rutas comerciales. De hecho, fue un milagro que nuestro barco estuviera tan cerca... pero eso es otra historia. Del lugar del ataque estamos apenas a unas horas de nado. Seguro que tú has estado haciendo círculos. Y yo... bueno, uno llega antes, cuando sabe a dónde va».

«¿Cómo sabías a dónde...?». Prendel empieza la pregunta, pero Souza lo interrumpe:

«La cuestión es que por aquí cerca no pasan ni petroleros ni mercantes ni tampoco veleros. ¿Hacia dónde ibais? ¿Hacia Santo Tomé? Tendríais que haber navegado más cerca de la costa, pero imagino que queríais evitar el tránsito de los grandes barcos, o aprovechar el viento. Los únicos que de vez en cuando se acercan aquí son los del Solimán».

Prendel recuerda el barco alejándose, el nombre pintado en el espejo de popa.

«Podrían rescatarte. A mí seguro que me matan, si me encuentran, pero a ti...».

«Piensan que estoy muerto. Ahogado en el fondo del Atlántico. Y eso es lo que tienen que pensar. O estás con ellos o estás contra ellos».

«No sé si lo entiendo».

«No hace falta que lo entiendas», dice Nelson Souza mientras se presiona el tobillo herido con una mueca de dolor. «Te basta con saber que, si intentas hacer señales desde la isla para que nos descubran... tendré que matarte. Será yo quien decida cuándo y cómo irse de aquí, ¿está claro?».

Prendel asiente porque se da cuenta de que el tono que utiliza Souza no deja lugar a preguntas ni a quejas. Está cansado para discutir. Mira a su alrededor. Todas las prioridades de su vida están en proceso de cambio. Lo que era importante, ahora va a dejar de serlo; lo que no lo era, lo será. Un hombre no sabe cuánto cuesta cambiar la lista de sus valores hasta que le toca hacerlo. Él estaba algo acostumbrado, gracias a las transformaciones que implica abandonar la tierra para lanzarse a la mar, pero... aquello era totalmente distinto. Aquello era la tierra en medio del mar. Era como navegar sin conseguir moverse del lugar. Era terrible. Devuelve la mirada al hombre que tiene frente a él.

Nelson Souza es delgado pero fuerte, alto, de cabellos negros y espesos. Ahora lleva barba de días. Prendel le calcula una edad similar a la suya. Intenta pasar por alto la amenaza. No quiere preguntarle la razón; sabe que no le contestará. Le señala la herida.

«Duele, ¿verdad? Si me lo permites, puedo mirar qué tal está. Soy médico. Un médico sin instrumentos ni medicinas».

«¿Médico? Vaya, entonces he hecho bien en salvarte. Un médico y un pirata: está claro que solo falta un sacerdote para convertimos en un chiste de aquellos que se preguntan por quién merecería sobrevivir, ¿no?». Nelson sonríe. Prendel lo imita. Souza sigue hablando: «Tengo algunas medicinas. Un botiquín. He estado tomando antibióticos».

La extrañeza con que lo mira Prendel obliga a Nelson a dar alguna explicación.

«No caí de vacío, al agua. Caí preparado. Esperaba caer. Fue una suerte que me disparases. Gracias».

Prendel no puede evitar sonreír con amargura. Echa mucho de menos a Frank. Era de esa clase de tipos a los que gustaban esa clase de situaciones. Dos hombres solos, náufragos en un islote desierto, y uno le daba las gracias al otro por haberle descerrajado un tiro en el tobillo. Frank era de aquel tipo de hombres a los que gustaban las películas del Oeste y las de guerra.

«Acerca la pierna al fuego». Se lo dice en un tono

autoritario. El otro obedece. Mathew destapa y mira la herida. «Habría que haber hecho algunos puntos. Ahora ya no, demasiado tarde».

Está tumbado sobre la arena. Prendel nota la humedad del suelo. Está agotado. Mira la hora. Son las dos de la madrugada, pero en la situación en que se encuentra, la hora no quiere decir nada.

«Demasiada luz, para mi gusto. Me gusta dormir a oscuras», comenta Prendel. Está agradecido, por no haber matado y por no haber muerto. De momento, lo impresiona más haber conservado la vida que haber ingresado en una prisión al aire libre.

«La del fuego se apagará sola, en breve. La de la luna... tardará algo más».

Souza ha pasado casi dos días solo. No esperaba a nadie. Prendel deduce que su presencia lo alivia, por eso ha sido incapaz de dejarlo morir. Cierra los ojos y oye que Souza se va. Sus pasos, de intensidad ligeramente desigual a causa de la herida, se alejan seguros por la arena. Prendel se acuerda de Frank y de Katy. Se da cuenta de que tendría que haberles ordenado que se tiraran por la borda en el mismo momento en que el pirata se lo exigió. Ahora sabe que ellos también se habrían salvado. Y que tenerlos allá le daría tranquilidad. Nelson Souza le había salvado la vida, sí, pero no podía olvidar de dónde había salido. En cualquier caso, se lo había dicho muy claro: no pensaba matar a un hombre que pudiera serle útil. Pero sí que lo mataría si intentaba dar señales de vida a algún barco que apareciera por el horizonte. ¿Hasta cuándo?

5

Dos días más tarde Prendel todavía se siente débil, pero es capaz de ponerse en pie. Ha dormido, ha descansado y se ha recuperado gracias a la ayuda de Souza. Recorre con la vista lo que lo rodea: ve toda la isla en su ínfima magnitud. O casi toda. La extensión de arena blanca y fina, pero sucia de palos, algas y todo tipo de conchas, donde ha pasado tantas horas tumbado, limita, por un lado, con el Atlántico y, por el otro, con una profusa vegetación que llega hasta los pies de una montaña selvática cuya otra cara, según le cuenta Souza, es un acantilado. Subir no es fácil, pero vale la pena, porque pueden encontrarse algunos huevos de ave. Por la otra cara de la montaña, le cuenta Souza, que ya estaba junto a él cuando ha despertado, hay una franja de arena mínima, que desaparece cuando sube la marea y a la que solo se puede llegar a pie cuando la marea está baja, por la parte oeste del islote o, si no, a nado.

Nelson Souza carga con un botiquín bajo el brazo. Empieza a deshacerse el vendaje de la pierna. Prendel observa, limpia con cuidado la zona, le dice que en pocos días cicatrizará; le da algunas instrucciones sobre cómo mantener limpia la herida y, entretanto, intenta superar el odio que le nace de bien adentro. Un odio que se mezcla con el agradecimiento porque le ha salvado la vida.

«¿De dónde ha salido el botiquín?», quiere saber Prendel.

Souza no responde. Saca de un zurrón un bote, una taza, un par de anzuelos con hilo de pescar, una cantimplora y un encendedor de mecha. Lo deja en el suelo, junto al botiquín.

«Lo necesitarás», aclara, y empieza a caminar. Cojea. «Tenemos trabajo», dice.

Mathew Prendel ya no se atreve a preguntar de dónde ha salido aquel arsenal de objetos. Sigue a Souza.

«¿Trabajo?». Prendel mira a su alrededor. «¿Le falta algo, a la isla?». Su ironía, como es habitual, está íntimamente relacionada con la rabia, con el dolor.

La humedad del ambiente lo ahoga. Mira el reloj: son las diez de la mañana y el calor ya es insoportable.

«Tengo que enseñarte la isla, tenemos que establecer algunas condiciones de convivencia», dice Nelson. «Tendremos que pasar algún tiempo, aquí. Será mejor que dejemos claras algunas leyes».

¿Leyes? Prendel espera una aclaración. ¿Leyes?

«¿Son necesarias las leyes para dos hombres en una isla desierta?».

Nelson dice:

«Sí, lo son. Allá, al otro lado, yo tengo mi refugio. Es importante que limitemos los territorios, supongo que lo entiendes».

Su tono es autoritario. Está claro que es una orden. Prendel piensa que Souza no se fía de él. También piensa que es mejor no discutir, como mínimo de momento, con un hombre armado, de manera que de inmediato dice que sí, que le parece buena idea.

«En mi territorio no hay nada que pueda interesarte, o sea que no tienes por qué entrar en él, bajo ningún concepto. Yo, en cambio, necesitaré venir a esta parte a buscar agua y alimentos».

Prendel no se siente cómodo con la idea de que solo se comparta su parte de la isla, pero, mientras lo invade esta sensación, piensa qué clase de estúpida territorialidad lo acomete, ahora, en esta situación en que solo importa la supervivencia. Tiene sed y hambre. Calor y miedo. ¿Necesita un trozo de isla para él solo? Y, en cambio, dice:

«Yo también debería tener mi territorio, un lugar que tú no pudieras pisar».

Dice esto, pero es obvio que piensa: «¿Me doy cuenta de que he naufragado? ¿Me doy cuenta de que han asesinado a mis amigos y que me han robado el Queen y que casi me matan y que el tipo con quien me ha tocado convivir en esta isla es uno de los desgraciados que me han destrozado la vida?». Un impulso que no le llega ni al cuerpo lo empuja hacia Nelson. Prendel, no obstante, sigue quieto, sin saber qué espera.

Nelson se encoge de hombros y empieza a caminar. Prendel lo sigue. Nelson se adentra en la vegetación al pie de la montaña. Aparta ramas con los brazos. Llena su cantimplora con el agua acumulada en algunas hojas, dentro de algunas lianas.

«Con lo que llueve en la zona y la humedad que se condensa, no vamos a pasar sed. Sería un drama tener que desalinizar agua de mar». Prendel lo imita. Bebe un sorbo. El agua es buena, caliente pero buena. «Allá, al pie de la montaña, además, ya lo vas a ver, hay algunas entradas en las rocas, y en algunas de las cavidades se forman pequeños charcos. Aquellas entradas, por cierto, serán tu único refugio posible cuando llueva torrencialmente».

¿Habría naufragado algún barco en la parte de la isla que Souza considera suya y de allí ha sacado todos aquellos objetos? La gorra que lleva, el hacha pequeña que le cuelga del cinturón, el revólver. ¿Por qué se solidariza con él? ¿Para qué le puede servir?

Prendel no hace preguntas. Comprende que no recibirán respuesta. Y aunque la recibieran, Prendel no hace preguntas porque aquel calor húmedo le llena de tal modo los pulmones que es incapaz de hacer nada que no sea jadear. Deja de mirar a Nelson, que abre el camino, y observa maravillado a su alrededor. Ve flores con combinaciones de colores inverosímiles, insectos que parecen plantas y plantas que parecen insectos. Después de pasar tanto tiempo en el mar, mirando la inmensidad del horizonte, le resulta extraño volver a utilizar su capacidad para observar lo cercano, para enfocar la vista sobre objetos pequeños, y piensa que esta es una de las grandes diferencias entre la vida en tierra y la vida en el mar, que en tierra las cosas se miran siempre de cerca, muchas veces desde demasiado cerca, y falta la perspectiva, la distancia, la relatividad. Lo piensa y se lo dice a Nelson.

Nelson se detiene, se vuelve, se quita la gorra, se enjuga el sudor, mira a Prendel con ademán de incredulidad:

«¿Es eso lo que estabas pensando ahora, mientras caminamos con esfuerzo bajo este bochorno asesino? ¿En serio?».

Vuelve a ponerse la gorra y sigue caminando. Prendel da media vuelta y se vuelve hacia la playa. No tiene por qué ir tras él. Descubrirá por sí mismo lo que haya que descubrir.

Sierra con la navaja un par de lianas, una rama larga y no demasiado gruesa y algunas hojas de palmera. Una vez en la playa, ata las hojas con la liana, las une a la rama y comprueba con satisfacción que, cuando la clava en el suelo, la reciente construcción aguanta y cumple su propósito: Prendel ha fabricado una sombrilla. Cuando baje el sol empezará a construir un refugio. Él también quiere un lugar al que Nelson no tenga acceso, un lugar propio.

Nelson, que aparece al cabo de poco, observa de lejos a Prendel, que está sentado bajo la sombrilla. Después se le acerca.

«He juntado material para unos cuantos días», informa. «Allá —y señala el bosque— encontrarás toda clase de gusanos, de lagartijas, de serpientes, ya lo verás. Algunos puedes comértelos tú, directamente, y otros puedes ponerlos como cebo para los peces. Picarán, seguro. Y hablando de picar, ten cuidado con las serpientes venenosas».

«¿Cómo las distinguiré?».

«Es imposible».

Prendel asiente. Y Souza añade:

«Otra cosa: No vengas a mi territorio, no te me acerques, porque no dudaré en dispararte».

«No lo entiendo —admite Prendel—. Me has salvado la vida, estamos en un islote desierto, estamos solos, tenemos pocas posibilidades de irnos de aquí, ¿no deberíamos unir esfuerzos?».

«Doctor, será mejor que no pienses. Obedece y todo será más fácil».

«Está claro que tus razones son más poderosas que las mías», dice Prendel mientras mira a Souza alejarse con pasos que se hunden en la arena igual que acaban de hundirse sus esperanzas.

6

Prendel graba, desde los primeros días de llegada a la isla, un calendario en una piedra. Aunque no quiere pensarlo, podría pasar que durase más su naufragio que la pila del reloj. Según este calendario, pues, hace seis semanas que ha llegado. Si el ataque al Queen fue el 14 de junio, quiere decir que están a finales de julio, 30 de julio si no se equivoca en los cálculos. Hace 45 días que no ve a Souza. No sabe si el hombre accede a su parte de isla por las noches, mientras él duerme, o si no ha vuelto desde que se vieron por última vez. En algún momento ha pensado que quizá había tenido un accidente, que tal vez Souza había muerto ahogado o por la picadura de una serpiente. Su venganza es no invadir su territorio. Si está herido, peor para él.

El doctor ha estado entretenido, además, en la construcción de una especie de refugio de tallos gruesos como ramas y de hojas, materiales abundantes en el bosque y susceptibles de ser manipulados por él, que no dispone de herramientas. «Me he construido una jaula», piensa. «Vivo en una jaula cerrada, en una prisión abierta». Ha hecho un rectángulo. Las paredes, un poco más altas que él. El techo lo ha hecho con hojas cosidas con lianas finas. La puerta de la jaula dirigida hacia el bosque. Así se defiende del viento y, por otra parte, se siente más protegido. Si Nelson se acerca, hará ruido.

Ahora, cuando por fin ha acabado el refugio, se siente extenuado y mira la construcción con una mezcla de orgullo, que confiesa con su ademán, y de vergüenza, porque tiene la sensación de haber imitado los libros que ha leído, de haber actuado como un náufrago de manual, en lugar de pensar en serio en lo que debería hacer en su situación. «Esto ya está», dice en voz alta. Piensa que un viento más fuerte de lo normal podría tirarlo todo al suelo. «Esto ya está», repite. Cree que así se defenderá mejor de insectos, de animalejos, de lo que sea. Piensa que un hombre siempre desea un techo, que le importa más con qué taparse que lo que pisa. Son las ocho de la tarde. Calculaba que iba a acabar hoy y se ha preparado una especie de cena extraordinaria. Por un momento, le había pasado por la cabeza invitar a Souza. Y no solo se había arrepentido de inmediato, sino que tampoco habría sabido cómo avisarle. Enciende un fuego cerca de la jaula y cocina todo el marisco que ha conseguido. Hace un repaso del tiempo transcurrido. Se da cuenta de que las dos primeras semanas, y a pesar de las advertencias de Souza, había estado pendiente del horizonte, para intentar detectar el paso de algún barco. A la tercera, quizá convencido de que de verdad estaban solos en medio del Atlántico y que nadie iría a salvarlos, había empezado a prestar más atención a sus necesidades. Casi sin darse cuenta, durante este tiempo ha aprendido a recoger agua, a coger marisco con la marea baja, a elegir gusanos y lagartos, a hacer buenos fuegos, a buscar huevos de tortuga; sabe distinguir algunas hierbas: ha descubierto, sin querer, algunas que sirven de purga. Sabe aprovechar, para comer, el corazón tierno de algunas palmeras. Ha probado diversos frutos. Ha encontrado entradas en las rocas de la montaña. Ha aprendido a reconocer diferentes tipos de silencios, mezclados siempre con el zumbido de los insectos, el sonido del mar, el canto o el grito de algún pájaro. Todos los silencios que sirven para escucharse uno mismo. No se puede decir que se haya acostumbrado a aquella vida, pero tampoco puede decirse que sufra. ¿Es aquello la victoria? ¿La adaptación? ¿En qué consiste el triunfo de un hombre? ¿Sobrevivir o escapar? Siente que en Nueva York no lo espera nada ni nadie. Mary es ya un fantasma del pasado, Katy y Frank significan dolor y culpa. Sabe que su vida había llegado a un momento bisagra, un momento de aquellos en que la cosa tanto puede ir hacia un lado como hacia el otro y no tiene prisa. Cuando salió de Nueva York ya hacía tiempo que no le encontraba sentido a nada de lo que hacía. ¿Tenía que ser eso, la vida? ¿Nada más? ¿Una serie de acontecimientos relacionados con el dinero, la cultura, las relaciones laborales y el éxito personal? ¿Era posible que la vida fuera aquella espera de que sucediera algo? ¿No podía consistir, más bien, en hacer que algo sucediera? ¿Qué podía provocar que alguien tuviera ganas de volver a un lugar del que había deseado irse? ¿La comodidad? ¿El miedo? ¿La costumbre? Lo único que le preocupa es su padre. Recuerda que la última vez que lo visitó en Georgetown lo ayudó a pintar la valla. El hombre parecía triste y cansado. Le había dicho, con aquella voz sin voz que le había quedado: «Yo lo que quiero es que no me dejes morir solo, Mathew. Tu madre tampoco lo querría, tu madre tuvo la suerte de que la acompañamos; ¿te acuerdas, Matt, del modo en que solía reírse tu madre, incluso al final?». Siempre le preguntaba por la risa de su madre, tan característica y contagiosa, ascendente y creciente. El padre moriría enamorado de ella; había tenido la suerte de encontrar el amor.

También piensa que todavía no se ha desesperado, y que quizá ha sido gracias a la construcción del refugio. Piensa que quizá ahora empezará la angustia. No hay naufragio hasta que uno se da cuenta de que ha naufragado. No hay ahogado, en el agua, hasta que se le acaba el aire.

O quizá, piensa también, las tragedias que uno imagina de lejos, cuando se acercan no son más que situaciones adversas. Nunca sabemos de lo que seremos capaces, es imprevisible.

***

Prendel está bajo la sombrilla, frente a su construcción. Sabe que es imposible hacer nada antes de que caiga el sol; el calor lo deshidrata. Ha aprendido a quedarse quieto y esperar a que pase el día. Es extraño las cosas que se aprenden cuando uno debe permanecer quieto. A veces piensa que es como un enfermo, inmovilizado en la cama, en un hospital, frente a una ventana. Y entonces, a pesar de todo, prefiere ser un náufrago. Imagina que navega, recuerda las horas muertas que ha pasado en la mar en calma, tantas veces, esperando que soplara alguna minúscula brisa para tener la sensación de avanzar. El islote es un velero sin velas, un velero con la quilla enganchada, un velero con ancla invisible y definitiva.

«Veo que has conseguido clavar estacas en la arena. Has tenido que enterrarlas bastante, ¿verdad? Si no, no aguantan».

Souza ha aparecido de repente, había salido del bosque. Lleva puesta una gorra y otra en la mano.

«Toma», le dice.

Prendel coge la gorra, ve que es de propaganda de una bebida alcohólica, le da las gracias y se la pone. Tiene una buena visera. Qué descanso para los ojos. Echa de menos sus gafas de sol.

«Creía que quizá te habías muerto», le dice Prendel. «He estado a punto de ir a verte. He subido hasta allá arriba —y señala la cima de la montaña—, pero la roca sobresale tanto que es imposible distinguir lo que hay abajo. Solo se ve el mar».

«Has hecho bien en no venir. Lo dejamos claro».

«Solo una cosa: ¿Tardaremos mucho en poder marchamos de aquí? En intentarlo, quiero decir».

Mathew se pregunta qué sistema debe de haber ideado Nelson Souza para vigilar sus movimientos. A la vez, piensa que a Souza no le hace falta vigilarlo.

No representa ningún peligro y, si se acerca a su zona, lo mata y punto.

«Tiene que pasar el tiempo suficiente para que me olviden».

«¡Pero eso es absurdo!». Prendel se pone de pie, se acerca a Nelson, que se lleva la mano al revólver, un gesto que a Mathew no le pasa desapercibido. «Podemos intentar construir una especie de balsa e ir en busca de la zona de navegación de los petroleros».

«Tú has visto muchas películas, ¿no?». Nelson dirige un gesto de menosprecio a la jaula fabricada por Prendel. «¿De verdad piensas que llegaríamos muy lejos, con una balsa? ¿De verdad crees que no naufragaríamos a menos de cien metros de aquí? ¿En serio crees que hay alguna posibilidad de salir de esta prisión si no es con una embarcación de verdad?».

«¿Tienes un plan mejor? ¿Eh?».

Souza ha empezado a caminar derecho hacia el bosque, y Prendel lo sigue, gritando.

«¿Eh? ¿Tienes algún plan mejor? ¿Tienes alguno?».

Souza se detiene, recula, mira a Prendel a los ojos y le dice:

«Te lo voy a decir una sola vez: sí, tengo un plan, y pienso explicártelo cuando convenga. Aquí mando yo, y esto va a ser así mientras siga vivo, y pienso seguir vivo durante todo el tiempo que sea necesario para salir de este agujero, ¿entendido?».

Prendel piensa que es extraño que Nelson haya dicho que la isla es un agujero. Un pozo, sí. Eso quiere decir que está tan desesperado como él. Lo atacaría, pero sabe que lleva las de perder. Mathew comprende que tendrá que trazar un plan para él solo, primero para robar la autoridad a Nelson, y después para salir de aquella isla. Aparentemente resignado, pregunta:

«De acuerdo. ¿Y cómo lo calculas, el tiempo que tardarán en olvidarte, los tuyos?».

«No son los míos. Y lo sabré, seguro».

El doctor Prendel no dice nada más. Observa a Souza por la espalda —¿sería un buen momento, para atacarlo? No, no, debe ser meditado. No puede actuar de una forma impulsiva. Solo tendrá una oportunidad. Y si falla, Souza habrá entendido que no está dispuesto a obedecer y no dudará en deshacerse de él—. Ve que se va hacia el camino que más o menos han abierto entre la vegetación del bosque. Lo sigue durante unos momentos. Estudia su velocidad. A pesar de la cojera, Nelson camina deprisa, es ágil. Lleva la camisa arremangada, la navaja abierta en la mano y un revólver en el cinturón. Aquel hombre lo ha salvado para después enterrarlo en vida. Una incoherencia. Puede que esté chiflado. Y puede que lo vuelva loco a él. ¿Qué condiciones son necesarias para que un hombre cuerdo pierda el juicio?

Prendel se acerca a la orilla del mar. Se moja los pies, las manos, se refresca la cara. Mira hacia el horizonte y piensa que es verdad que la sensación de haber llegado, para un navegante, no siempre tiene que ver con el hecho de pisar tierra.

Segunda parte

1

Mathew no me contó su historia hasta que llegamos casi al final de la nuestra. En siete años me había dado tiempo de verlo con la mirada perdida muchas veces, y cada una de ellas había estado a punto de pedirle que me contara ni que fuera alguna parte de su sufrimiento. Yo anhelaba conocer los detalles de lo acontecido, quería consolarlo de todo, de lo que fuese, pero entendía que era un tema delicado e intuía que, sin duda, había algunas experiencias que de ninguna manera deseaba revivir.

Prendel no fue feliz a mi lado. No era un hombre feliz, aunque sí era amo de su tiempo, de sus decisiones, de su vida. No había nada que no se pudiera permitir y, además, era muy generoso. Yo nunca tuve un deseo que él no procurara cumplir. En lugar de dar la sensación de que hacía regalos, sin embargo, parecía que pagaba una deuda. Parecía ausente. Tal vez era cierto que la muerte de su padre lo había trastornado. En cambio, de su padre no hablaba nunca. No tenía ninguna fotografía suya, era como si el viejo no hubiese existido. De hecho, era como si nada de su vida anterior al naufragio hubiese existido. No se relacionaba con nadie, huía de la gente, quería estar solo. Conmigo o solo. Le gustaba viajar. Y navegar, claro. Había comprado un velero y lo había llamado Lisboa. Cuando me contó su historia entendí el porqué.

No había querido volver a dar clases, decía que no necesitaba el dinero y que, además, no tenía nada que enseñar; al contrario, solo necesitaba aprender. Tampoco había vuelto a ejercer la medicina. Ni siquiera quería aconsejarme a mí, y cuando me encontraba mal, me decía: «Será mejor que consultes con un médico». Y, ante mi sorpresa, aseguraba que algún día me explicaría el porqué, pero más adelante, siempre más adelante.

Y aquel «más adelante» llegó de golpe, como llegan tantas cosas importantes de la vida, que uno las espera para dentro de un tiempo y se le presentan ahora, cuando no le va bien, cuando no está preparado.

Prendel no se encontraba bien. Se mareaba, había perdido el apetito, tenía picos de fiebre. En lugar de quejarse, parecía que se alegraba. Sus cincuenta y dos años le parecían suficiente vida, decía. Ya había visto lo que tenía que ver, insistía.

El cuerpo, por fin, le pidió alguna solución. Y fuimos a los especialistas. Quiso que fueran gente nueva, gente que él no conociera del pasado. Decía que no quería piedad. Ni siquiera empatía. Lo que quería era un diagnóstico claro, nada más.

Cuando se enteró de que estaba enfermo, decidió que debía buscar la ocasión propicia para hacerme depositaría de lo que, con humor negro, él llamaba su legado. Un legado con el que había podido vivir, decía, pero con el que no podía morir.

Necesité que Prendel me explicara su historia para entender que un naufragio es una manera de desaparecer para siempre, que no hay regreso posible. Como me había dicho en más de una oportunidad, ni Katy ni Frank estaban tan muertos como él, porque no eran conscientes de ello, mientras que él sí lo era.

Fue durante una semana, en el hotel Boston Harbor. Dijo: «No puedo hacerle entrega de mi legado en un lugar cualquiera», y lo dijo con aquel gesto suyo tan característico, el gesto que se le dibujaba en la boca cada vez que estaba a punto de hacer una de las suyas. Supongo que escogió aquel hotel porque desde la habitación podíamos ver los veleros navegando por el río Charles. Veleros atracados a la propia entrada del hotel. Prendel siempre decía que, desde que había aprendido a navegar, su mundo no se acababa, como antes, en la orilla del río o del mar. Y por eso, de vez en cuando, decía que quería aprender también a pilotar aviones: no vivía bien el hecho de que el aire fuera un límite. «No tengo título para ascender», bromeaba.

Alquilamos un velero. Sencillo y manejable. Un veinticuatro pies. «Un barco para charlar», dijo Mathew con su acostumbrada habilidad para otorgar a cada cosa un uso concreto. En un veinticuatro pies solo puedes estar cerca. Y cada día de aquella semana, embarcados en el Trevor, mi amado doctor Prendel me contó todo lo que no sabía, todo lo que nunca me había relatado, todo lo que después le prometí —y al hacer la promesa recordé a mi abuelo, que siempre, ante cualquier promesa, hacía el mismo mohín de asco que mostraba cuando el sabor de algún alimento le disgustaba y decía «de eso no comas, que te va a sentar mal»— que escribiría a su muerte.

2

Después de volver a vernos, Nelson Souza, como si en cierto modo fuera consciente de que yo querría atacarlo, desapareció otra vez. Durante aquella segunda y larga ausencia imaginaba planes, sistemas, posibilidades, pero, al cabo de algún tiempo, empecé a perder la orientación. No sé si me explico, Phoebe, no sé si soy fiel a lo que de verdad sentí. Perder la orientación quiere decir no saber nada de nada. Por primera vez, deseé haber muerto. ¿Qué hacía allí? ¿Qué sentido tenía haber sobrevivido a Frank y a Katy?

Los días transcurrían como transcurren cuando no hay esperanza alguna, como el viento sobre la tierra, sin intención. Dejé de marcar el paso del tiempo en la roca. Si uno no sabe el que pasa, uno no vive, no es consciente de que vive. Quizá fueron dos, quizá cuatro semanas sin marcar. No lo sé. Quizá más. Los días, tan iguales los unos a los otros, acaban por no pasar o por pasar de golpe. Había vuelto a vigilar el horizonte: ningún barco, nunca. ¿Habría hecho alguna señal, de haberlo visto? ¿Hasta dónde llega el instinto de supervivencia? ¿Habría pesado más el miedo a la amenaza de Nelson o el impulso de hacer que nos vieran?

No sé por qué nos aferramos a la vida de una forma tan intensa. Hay vidas que no vale la pena vivirlas. Estará en contra, lo sé. Nuestras experiencias son muy distintas. Su isla fue Viena. Y su hombre desconocido, su Nelson, fue su marido. Su naufragio, un matrimonio. No tuvo motivos para recoger velas. O quizá sí, ¿verdad? A cada cual sus motivos le parecen siempre los principales. No soy quién para opinar sobre el umbral de su aguante.

Nuestro islote no era un lugar inhóspito, en absoluto. Diría, es más, que nos recibió bien. Había todo lo que un hombre necesita para sobrevivir. De hecho, es en un lugar como aquel en donde te das cuenta de lo que de veras necesita un hombre para sobrevivir. Y lo único imprescindible que el islote no podía darnos, nos lo había concedido el azar: la compañía humana. Comprendí incluso que Nelson me hubiera salvado la vida. Quería un testimonio de su existencia. Alguien con quien ser alguien. Probablemente sabía que la soledad podía ser tan o más corrosiva que la situación, que mermaría sus fuerzas. ¿Qué habría hecho en su lugar? Lo mismo: habría salvado al enemigo para controlarlo como a un perro.

El primer tiempo sin vernos había sido liberador. La construcción del refugio me había mantenido ocupado. Casi había olvidado la existencia de Nelson, la isla, la situación en que me encontraba. Se lo digo en serio, querida. Llegó un momento en que daba la sensación de que estaba justo donde había decidido estar. Tal vez aún no me había dado cuenta de que no podía huir. No me había dado cuenta de verdad. La consciencia de esta realidad tuvo lugar después, a causa del encuentro con Souza y de sus advertencias claras y contundentes. Yo no estaba acostumbrado a que me mandaran. La tensión era obvia, ¿sabe? Aquel hombre sentía mi rebeldía, sabía que no podía bajar la guardia. Y ya sabe cómo son los hombres en estado puro; salvajes. No me mire con esa cara de circunstancias, doctora Westore. Sé que piensa que a los hombres nos falta el gen de la civilización.

Éramos salvajes en guerra. Una guerra soterrada. Dos hombres solos son capaces de estar en guerra, sí, ahora lo sé con certeza. No nos la habíamos declarado, simplemente. Pero yo quería lo que tenía él, y él quería mi obediencia: con esto bastaba.

Yo deseaba el poder, las armas y, sobre todo, controlar su territorio. Él había podido elegir. Alguna razón de peso debía tener para haberse reservado la parte aparentemente peor, ¿no le parece? La parte más estrecha, sin acceso al bosque ni a la montaña, inundada dos veces al día por la marea. Podría haberme dejado allí, habría ejercido un poder absoluto sobre mis movimientos, era una prisión natural. ¿Por qué iba a hacer un hombre algo así, si no estaba loco? Este era uno de los pensamientos obsesivos que me machacaban la cabeza. ¿Por qué? ¿Por qué? Es fácil tener pensamientos obsesivos en una isla, doctora Westore, donde las distracciones son más bien pocas y donde los días pasan idénticos uno al otro, hasta tal punto que da la sensación de que no pasan, que el tiempo es un espejismo, nada más, y que uno ha quedado quieto, como en una fotografía, para siempre jamás.

Las cosas, sin embargo, no podían seguir siempre iguales a sí mismas. Sabe muy bien que la inercia encuentra tarde o temprano algún obstáculo.

Nelson y yo vivíamos nuestra rutina. Yo no invadía su espacio, por miedo a la muerte, y él no se dejaba ver, quizá porque pensaba que querría atacarlo por sorpresa. Pero, mi querida Phoebe, la cabeza no dejaba de darme vueltas y, aunque no deseaba de manera especial regresar a Nueva York, sí que la idea de salir de allí empezaba a hacérseme repetitiva.

Pero vayamos por partes. A pesar de que en un primer momento el hecho de que volviera a desaparecer fue de nuevo un alivio, al cabo de un tiempo que, como ya le he dicho, ni siquiera calculé, empecé a sentirme inquieto. ¿Y si se había ido de la isla y no me había dado cuenta? ¿Y si me había quedado solo?

Caminé hacia su zona en horas de marea baja. Desde el límite grité varias veces su nombre. Sabía que arriesgaba la vida si penetraba en su territorio sin su consentimiento. Nelson no contestó. Hasta cierto punto, era lógico que no me oyera, pero mi desasosiego aumentó. Decidí respetar el pacto y no invadir su lugar. No podía olvidar que iba armado y que, lo mirara como lo mirase, era un delincuente, un pirata, probablemente sin escrúpulos.

Dejé mi camiseta atada a una rama cercana. Destacaba. Nelson la vería y comprendería que era algún tipo de mensaje. Se acercaría. Al lado de la camiseta, con una piedra, en el tronco, escribí la palabra AUXILIO. Esperé hasta el atardecer cerca de allí, por si aparecía. No lo hizo. Y volví a mi refugio. Aquel día no había comido casi nada, excepto unas algas. Tenía hambre y sed. Cuando llegué a casa, preparé un poco del pescado que había secado ya hacía días y bebí una especie de brebaje de hierbas que utilizaba como infusión.

Las noches, cerca del fuego para tener luz, las dedicaba a tallar unas piezas de ajedrez con maderas que iba pelando con la navaja. Calculaba cuánto tardaría en acabarlas y me preguntaba si cuando las terminase todavía estaríamos allí. Las hacía para jugar solo y por si acaso Nelson sabía. Por hacer algo, también. Como también por hacer algo debió de tallarnos a Nelson y a mí un dios aburrido de sus islas vacías. Aquella fue la única vez que estuve a punto de creer en Dios. Un dios con tanto insomnio como yo. El insomnio que me ha perseguido siempre, como usted sabe. Todas las noches, de manera invariable. Sí que alguna vez me quedaba mirando las estrellas, sí que observaba con admiración las figuras que formaban las nubes sobre el cielo negro o los pasillos que la luna dibujaba sobre la mar, sí que me repetía historias, cuentos, conversaciones, recuerdos, pero llegaba un punto en que la contemplación me mataba, Phoebe, porque la identificaba con una forma, la más angustiosa, de espera. Y sí que contaba ovejas o granos de arena, pero no servía de nada. Entonces pensé en hacer el ajedrez. Para jugar. ¿Jugar en aquellas circunstancias? Pues sí. Usted conoce mi pasión por los juegos de toda clase, sobre todo por aquellos en los que participa el intelecto y, aunque pueda parecer sorprendente, en aquella situación no me abandonó. Incluso había localizado una planta de la que extraer tinte rojo, para pintarlas y distinguir unas piezas de otras. Con aquella misma tinta había dibujado caras en alguna piedra, había escrito mi nombre e incluso, para que me acompañaran o vaya a saber por qué, aquellos versos de Auden que dicen: «Y todo el mundo sabe lo que aprende un niño en la escuela, que aquel que ha sufrido maldades, tarde o temprano las devuelve». Supongo que, de alguna manera, fantaseaba con la venganza. Fantasías, era lo único que podía permitirme.

Con mis señales conseguí que al día siguiente, a primera hora, Nelson me esperara en la puerta de mi refugio. Nada más asomar la cabeza, asfixiado por el calor de la mañana, oí su voz.

«¿Qué quieres? ¿Qué te pasa? ¿Por qué pides auxilio?», me preguntó casi sin respirar.

«Pensaba que quizá te habías ido», dije. ¿Por qué iba a mentirle? Vi que llevaba unos prismáticos colgados del cuello. Entonces era así como me vigilaba. ¿Qué más debía de tener, que yo no sabía? «Unos prismáticos», dije mientras los señalaba.

«Sí, ¿qué quieres?».

«Solo quería saber que seguías aquí. Y que no habías muerto. Podríamos establecer algún tipo de turno de visitas», propuse. «No lo sé, una vez por semana, por ejemplo».

«No me parece necesario», dijo.

«Uno de nosotros podría herirse, necesitar ayuda». Me parecía lógico pactar una cierta rutina. No sé por qué razón tenía miedo de que Nelson me engañara. «Tú tienes unos prismáticos», insistí. «Puedes verme desde lejos. Yo estoy en inferioridad de condiciones».

«Claro que lo estás. ¿Y qué?».

Empezó a retirarse hacia su territorio.

«Espera, hombre, espera. Solo estamos tú y yo, aquí. Quiero decir que podríamos hablar un poco. Acabaré hablando solo como un loco, si no».

«Acabaremos locos igualmente», aseguró. «Forma parte de esta experiencia, perder la cabeza».

«Quiero ver tu territorio», declaré sin ambages. «Me parece que tengo derecho, y siento curiosidad por ver el otro lado de la montaña».

«Parece que no hayas entendido nada de nada, doctor». Nelson masticaba algo y lo escupió. «¿Y dices que tienes derecho?».

«No es justa esta situación».

«Te he salvado la vida. Punto. Si no te la hubiera salvado, ahora no me estarías fastidiando». Se quitó la gorra y se enjugó el sudor con el dorso de la mano. «Quedamos en que esto era una frontera. Quedamos en que la respetarías. De eso no hace ni cuatro meses».

¿Cuatro meses? ¿Tanto tiempo llevábamos en el islote? Fuera el que fuese, había pasado casi deprisa. El tiempo, allá, como le he dicho, doctora Westore, estaba hecho de una materia distinta. Daba la sensación realmente de que era algo fijo, como el espacio, y que nosotros nos desplazábamos por él como si lo transitásemos.

«¿Quieres decir que prefieres que ni siquiera nos comuniquemos?».

«Exacto», dijo. «Cuando sea la hora de irnos, te avisaré. Pero tranquilo». Empezó a caminar por la franja de arena, que empezaba a inundarse. Y añadió, antes de desaparecer: «Tienen que pasar años».

Entonces me desmoroné, doctora. Me di cuenta definitivamente de mi situación.

«¿Años?». Soy consciente de que grité.

«¿Años?», repetí. «¿Cómo que años?». Me quedé petrificado.

Volvió atrás. Cogió con ambas manos la rama de un árbol cercano, como si lo estrangulara. Y entonces dijo:

«A ver si nos entendemos. Aunque te dijera que puedes irte mañana, no sé cómo lo harías. En primer lugar, sabes tan bien como yo que no hay madera adecuada para construir una embarcación ni las herramientas necesarias para fabricar una más o menos fiable. En segundo lugar, la única manera de conseguir que los piratas crean que estoy muerto es morir. Es decir, desaparecer durante tanto tiempo como sea posible. Te he salvado la vida, no hagas que me arrepienta. Técnicamente, estás muerto, ¿entendido?».

«Oye, Nelson, podríamos intentar construir algo con el tronco vacío de algún árbol caído, hay muchos, y podría recogernos algún mercante a unas cuantas millas de aquí, si vamos hacia el este».

Nelson meneó la cabeza de un lado al otro.

«Tú no lo entiendes. Aquella gente no es como nosotros. Si se enteran de que un par de náufragos han sido rescatados en la zona, y se enterarían, créeme, me encontrarían».

«¿Tienen algún motivo para odiarte?».

«El solo hecho de haber escapado. Conozco los contactos, los itinerarios, los nombres de los peces gordos».

Si quiere que le sea sincero, querida Phoebe, me daba la sensación de que Nelson exageraba, me daba la sensación de que estaba viendo una película. Iba a hacerle otra pregunta cuando dijo:

«Me preparaba desde hacía tiempo para huir del Solimán. Llegué hasta él de manera involuntaria. Soy de Lisboa. Siempre he sido viajero. Hace cinco años fui a Santa Helena para ver dónde habían encerrado a Napoleón. Siempre me había parecido extraño que una isla se convirtiera en prisión... ahora ya no me sorprende».

Quedaba claro que aquel hombre y yo teníamos algunas cosas en común, a esas alturas.

Se sentó en el suelo y siguió, al tiempo que también yo me sentaba frente a él.

«Allí conocí a Cecilia, una camarera preciosa que trabajaba en un bar del puerto. Me enamoré de ella como no lo había hecho en la vida y decidí quedarme. Y ya sabes cómo son los hilos de la vida, que los entiendes cuando ya te has liado».

Pensé que era una buena señal que Nelson fuera capaz de hacer algo por amor. No sé por qué, la gente capaz de enamorarse me despierta confianza. Es lo contrario que me pasa con la gente que no es capaz de emborracharse. Pienso que es porque tienen miedo de que se les escape algún secreto inconfesable.

Nelson estaba dispuesto a explicarme la historia hasta el final. Es algo frecuente con los navegantes, son callados, pero el día que hablan, lo hacen como si hubiera sido necesario tomar la decisión y obraran en consecuencia.

«Cecilia tenía un hermano. En Santa Helena hay pocos hombres jóvenes. En cuanto se convierten en adultos, huyen de un lugar sin futuro donde cada vez hay menos riqueza. En el Solimán necesitaban tripulación. Me ofrecieron trabajo, yo lo necesitaba. Siempre he ido sobreviviendo de los trabajos que me han salido al encuentro. A mí no se me caen los anillos. He sido marinero, estibador, paseador de perros, mecánico... pero, claro, nadie me advirtió de qué tipo de barco se trataba. Tampoco Cecilia. No lo sé, si lo sabía; nunca hablamos del tema. Cuando me di cuenta, ya era demasiado tarde, estaba hasta el cuello».

¿Cuántas veces nos pasa, esto, en la vida, verdad, doctora Westore? Cuando uno quiere darse cuenta, ya es demasiado tarde para no haber empezado.

«Primero me dejé deslumbrar por el dinero fácil, lo reconozco, pero pronto me di cuenta de que iba hacia el desastre. Fueron cinco años de renunciar a mi vida, a mi manera de entenderla, a mis sueños, a todo. Cinco años siendo una bestia a las órdenes de otras bestias».

«¿Por qué aguantaste tanto tiempo?».

Cuánta gente vive en una piel que no siente como

propia, ¿verdad, doctora? Qué misterio, que las personas no nos atrevamos a actuar según nuestros deseos o convicciones y que prefiramos los de los demás.

«No tardé demasiado en empezar a pensar en el modo de escapar, pero son una mafia, te lo aseguro. Pasé tanto tiempo esperando la ocasión... La muerte parecía ser la única manera de huir. Tu disparo fue mi salvación. ¡Estaba preparado desde hacía tanto! Y de pronto un impulso, una iluminación, el instante, no lo sé. Casi no lo pensé. Tu disparo y al agua. Conocía la existencia del islote. El viejo cocinero del Solimán, Gerardo, el único amigo que tuve entre ellos, seguramente porque era también de Lisboa y podíamos hablar nuestra lengua sin que nadie nos entendiera, me había hablado de este lugar. No lo pensé. Prefería morir antes que seguir con aquella vida».

¿Tenía que creerle, Phoebe? ¿Me importaba la verdad?

«¿Y Cecilia?», le pregunté.

«¿Cecilia qué? Cecilia nada. Ella también tiene que pensar que estoy muerto. Si salimos de aquí algún día, no voy a volver a buscarla, si es eso lo que estás pensando. Cecilia es, en primer lugar, hermana de su hermano. ¿No has oído hablar de los lazos que impone la sangre?».

Me vino a la cabeza mi padre. Asentí. Me sentía abrumado. ¡Años! ¿Años en aquel islote? Pensé que me tocaría soportar lo insoportable. Aguijoneado quizá por la angustia, quizá por la confesión de Souza, le conté parte de mi historia. Baltimore,

Nueva York, Mary, la muerte de mi madre, la espera de la muerte de mi padre en Texas. Mi deseo siempre insaciable de navegar, el año sabático, los preparativos para la travesía en que lo había perdido todo, incluidos mis únicos amigos. Souza me escuchó con interés, sin interrumpirme, mientras dibujaba y borraba líneas que trazaba con un palo en la arena.

Me vio desfallecer, supongo. Y tal vez por eso, o vaya a saber por qué, cedió.

«De acuerdo, te esperaré cada martes, por la tarde. Vendré a leer al lado de este árbol».

Si saber que pretendía pasar años en aquella isla me había dejado descolocado, también me dejó fuera de juego que dijera que me esperaría leyendo. ¿Leyendo qué? ¿Leyendo? ¿Tenía libros? ¿Y qué más tenía?

«¿Leyendo?», le pregunté. «¿Leyendo qué?».

«Tengo un par de libros», me dijo. «Me gusta leer».

«A muchos navegantes nos gusta leer», le dije. «Y escribir», añadí. «¿También tienes papel y lápiz?».

No contestó, como si le hubiese preguntado una intimidad.

«¿Podrías prestarme alguno de tus libros? ¿Un poco de papel?».

«Te esperaré en la frontera, cada martes. Por la tarde». Después de soltar estas palabras como si hubiera tirado una piedra, empezó a retirarse.

Tuve claro, en aquel preciso instante, que tendría que invadir su territorio, querida Phoebe. Que me convertiría en un invasor. Y que, si podía, le robaría su botín, fuera el que fuese. Y que sería una declaración de guerra, porque no habría ningún tipo de duda sobre quién se lo había quitado.

De repente, quería todas sus pertenencias. Los prismáticos, por ejemplo. Él podía ver si pasaban o no barcos, aunque fuera muy lejos. Podía controlar la frecuencia de su paso; la bandera; las posibilidades de llamar su atención. Y quería los libros. Debía de tener cosas que yo ni siquiera sospechaba. Quizá el cocinero del Solimán, si conocía la isla y había desembarcado en ella, había dejado toda clase de objetos útiles.

A partir de aquel día, mi único pensamiento era encontrar la manera de burlar su vigilancia. No deseaba enfrentarme a él. Quería ver su refugio cuando no estuviera o cuando durmiese. Tenía que idear una estrategia. Sorprenderlo. Ser más listo que él.

Nunca, sin embargo, deberíamos subestimar a un enemigo. Los enfrentamientos son como una partida de ajedrez: mientras tú piensas, el otro también. La cuestión radica en ver cuál de los contrincantes es capaz de pensar más posibles jugadas y de prever los planes del otro.

Martes tras martes acudíamos a nuestra cita, comprobábamos que seguíamos vivos, que seguíamos los dos en la isla, y de nuevo nos íbamos, sin decirnos casi nada. Y martes tras martes yo pensaba, al verlo, que tenía que ocurrírseme algo. Pensaba que el mejor momento para atacar su territorio era justamente un martes. Pasar nadando por el otro lado, lejos del lugar en donde me esperaba. Por norma general, él llegaba primero. Y allá lo veía, sentado cerca de su franja de arena, en un pequeño montículo. Con los prismáticos colgados del cuello y, en efecto, un libro que dejaba sobre una piedra antes de acercárseme cuando me veía aparecer. Eran muchas cosas las que estaban en juego. Podría atacarlo solo una vez, eso estaba claro. A partir de ese momento, sería la guerra. Quizá me buscaría para matarme. ¿Valía la pena, por un libro? ¿Por la curiosidad de ver qué cosas poseía y me ocultaba? Quizá podría robarle incluso un arma —a esas alturas ya había visto que tenía más de una—. Era improbable.

Al quinto o sexto martes, calculo que hacia finales de noviembre, le dije que le cambiaba su libro por mi reloj. La navaja no, la navaja la necesitaba y él ya tenía la suya. De ninguna manera: no quiso ninguna clase de permuta.

«¿Qué libro lees?».

«Uno portugués».

Yo me había creído que era de Lisboa solo porque él me lo había dicho, pero en realidad no tenía acento extranjero en absoluto. Un hombre armado es muy convincente, o quizá no tenía ningún sentido cuestionarme lo que decía. ¿Cuándo es importante que nos mientan, Phoebe?

«¿Cuál?».

«¿Conoces la literatura portuguesa?». Su tono fue altivo. Arrogante.

«No demasiado».

«Entonces no tiene sentido que te hable del autor de mi libro».

«¿Y el otro libro, también es portugués?».

«No».

«¿Inglés, entonces?».

«Inglés, sí. De Conrad».

«¿Cuál? Me los he leído todos».

«Pues uno de los que has leído. No sé cómo se titula. Le falta la cubierta».

«Explícame de qué va. Yo sabré cuál es».

Empezó la narración y reconocí la historia de *El copartícipe secreto*, una de mis preferidas. La historia de dos hombres que se solidarizan uno con otro, precisamente. ¿Se acuerda, doctora? La leímos juntos hace ya tiempo.

«¿Y no podrías dejármelo en préstamo?».

«Podría dejártelo una semana, si pescas para mí una docena de buenos pescados».

«¿Una docena? Sabes que es una barbaridad. Sabes lo que cuesta atraparlos».

«¿Quieres el libro?».

Claro que lo quería, Phoebe. Nunca había querido tanto un libro como en aquel momento. Era aproximarse a la civilización, podría hacer algo que los animales no hacían, me sentiría hombre y no bestia. Me acordé de la pregunta tópica, ¿qué libro te llevarías a una isla desierta? Cualquiera, sería ahora mi respuesta. Da igual de cuál se trate, doctora Westore. Incluso el libro en portugués, escrito en una lengua que no entiendo en absoluto, me habría acompañado.

«De acuerdo. Dentro de dos martes traeré el pescado. La semana que viene no me esperes».

¿Para qué quería el tiempo Nelson Souza? ¿Por qué quería librarse de su trabajo? Pescar era de las cosas tal vez más entretenidas, de las cosas que mejor te hacían sentir, como mínimo a mí.

Pareció contrariado. Quizá aquellos encuentros se habían convertido para él en una manera cómoda de controlarme.

«Una docena por una semana de préstamo», dijo antes de irse. «Es época de lluvias fuertes —me advirtió—. Intenta buscar un sitio mejor que el que tienes».

Le agradecí la información. Ya hacía días había localizado una entrada casi invisible entre unas rocas. Una especie de cueva a la que tan solo me había acercado de noche, cuando Nelson no podía verme. La había buscado por la amenaza de lluvias fuertes, sí, pero también por si algún día tenía que esconderme de él. Algunas noches dormía allí. Pero salía antes del primer rayo de sol, por si me vigilaba.

Le llevé la docena de pescados que me había pedido. Nelson tenía una red para recogerlos. Una red que él no podía haber tejido con los materiales del islote. Una red, por lo tanto, que ya poseía, una de sus pertenencias que yo desconocía. Una gran herramienta de trabajo. Fingí que no reparaba en ella. Llevaba, también, claro, mi libro. No solo le faltaba la cubierta. Faltaban algunas páginas del principio. El libro, que ya era corto, quedaba en apenas unas pocas hojas. Cuando me lo tendió, lo guardé bajo la camiseta enseguida, como si fuera el más grande de los tesoros.

«Lo quiero aquí el martes que viene».

«Aquí estaremos», hablé en plural de mí y del libro. Un plural significativo, pensé. Si en el islote hubiese habido algún mamífero, seguro que lo habría convertido en mi mascota. Necesitaba hablar, y no hablar solo. Había días en que sentía que estaba a punto de enloquecer, en que dudaba de mi existencia o, más que dudar, en que me daba cuenta de su intrascendencia. Vivir por vivir, por el hecho de no haber muerto. Nadie, excepto Nelson, sabía nada de mi vida: era exactamente como no existir. Había momentos en que deseaba haber muerto. Pero no morir, no. Haber muerto, eso sí, haberlo hecho. Y, en cambio, era incapaz de matarme o de matar. ¿Juramento hipocrático? «A nadie daré una droga mortal aunque me la solicite ni daré consejo con este objetivo».

Pero no estuvimos allí. No volvimos, el martes siguiente. Ni al otro de más allá. Me pasé cuatro semanas sin presentarme a nuestra cita, escondido todos los martes en mi cueva secreta, o que yo consideraba secreta. Imaginaba que Nelson sí iba. Imaginaba que se enfurecía, que valoraba la posibilidad de traspasar la frontera y venir en busca de lo que le pertenecía, que me odiaba, que me gritaba, que vigilaba en vano con sus prismáticos. También pensaba, el resto de los días, que aparecería en cualquier momento y, simplemente, me mataría. Me costaba dormir y vivía en perpetuo estado de alerta. Mi desafío era pueril, lo sé, pero en aquellas circunstancias, querida mía, en aquellas circunstancias el cerebro no funciona como es habitual. Uno cambia valores, prioridades y emociones. Uno se coge a un clavo ardiendo. El libro suponía para mí un puente, una especie de visado, un símbolo de retorno. Era mi victoria.

De hecho, mi actitud no era la misma de antes. Había vuelto a marcar el tiempo, intentaba ir limpio, beber en vaso, esconderme para hacer mis necesidades y enterrarlas, recuperar parte de la civilización de la que procedía. Incluso, con un cálculo inexacto, hice una especie de celebración solitaria de fin de año. Me sentía fuerte y optimista.

El martes que hacía cinco me presenté solo, sin Conrad. Había decidido explicarle una mentira. Había decidido contarle que lo había perdido. Por muy inverosímil que fuera mi argumento, era mi palabra contra la suya. Contra su palabra y sus armas, sí, pero ¿iba a matarme por un libro? Sopesé el riesgo. No era posible matar a un hombre por un libro.

Pero no se trataba de un libro. Se trataba del orden de las cosas. De disciplina. De poder. Usted ya sabe lo que son los símbolos, querida mía.

3

Cuando el doctor Prendel vuelve a la frontera después de haber faltado cuatro martes, Souza no está. Ni él ni rastro alguno de él. El silencio le parece terrorífico. Se da cuenta de que ha valorado mal su situación. Se arrepiente de no haber ido a la cita las semanas anteriores. Se arrepiente de estar allí sin el libro encima. Teme por su vida.

Empieza a llamar a Souza. Hasta que anochece. Incluso cuando ya ha anochecido. Nada. Nada de nada. Tendrá que esperar al martes siguiente.

Pasan tres semanas. Souza no ha dado señales de vida, no ha aparecido ningún martes. Ningún día, de hecho. Mathew lo sabe porque, obsesionado por las posibles repercusiones, ha ido cada tarde. Se ha pasado horas con el libro entre las manos, esperando la aparición de Souza. Ha vuelto a dejar la camiseta en la rama. Incluso ha dejado el libro envuelto en la camiseta. Nada. Nada de nada.

El doctor Prendel se pregunta si Souza estará

vivo. Piensa que tiene que respetar su ausencia. Se establece una lucha encarnizada entre su deseo, la curiosidad y el sentido común. ¿Y si está herido? ¿Y si ha muerto? Peor: ¿Y si se ha marchado? Aquella misma incertidumbre debe de haber machacado la cabeza de Souza, durante su desaparición. Y a pesar de que tenía una razón de peso, la recuperación de su libro, Nelson Souza no ha ido a buscarlo. Ha demostrado con orgullo que no depende de él en absoluto, le ha mostrado su indiferencia. Es como si le hubiera dicho: «Eres tú quien pidió los martes; yo no necesito verte; tarde o temprano vendrás, me devolverás el libro e implorarás mi perdón». Nelson lo castiga.

Los días son todos iguales. Uno tras otro como eslabones de una cadena oxidada y absurda que no conduce a ninguna parte. Una cadena perpetua.

Prendel no aguanta más la presión. No tiene una gran idea, pero tampoco tiene la paciencia necesaria para buscarla. Prendel es un hombre de acción y no sabe que la vida pasa aun cuando uno no la empuje.

Decide romper el pacto. Pasará al otro lado. Lo hará de noche, no obstante. Espera una de luna llena.

Y cuando llega la noche que espera, no vacila. Carga una de las jeringas del botiquín con anestésico y guarda en el bolsillo cuatro ampollas más. Hay bastante como para defenderse, para dormirlo y, en caso necesario, para matarlo.

Sale del refugio y camina con seguridad y precisión. Cuando llegue a las inmediaciones de la zona prohibida, se arrastrará. Procurará no hacer ruido.

Se tumba en la arena, que está húmeda. La huele y recuerda su llegada a la isla, que ahora le parece lejana. No hace mucho que ha bajado la marea. Avanza pegado a la montaña, sin ver casi nada. La claridad de la luna no es suficiente. Escudriña la oscuridad con los ojos bien abiertos. Le parece que su respiración es escandalosa. El corazón le late con una rapidez desconocida. «Cálmate, Mathew, cálmate», se dice sin voz. «Nelson debe de estar durmiendo», se dice, «seguro que no está al acecho, ahora», se repite. Respira hondo. Se oprime los párpados con el índice y el pulgar. Quiere tranquilizarse. Por un momento, valora la posibilidad de volver atrás. Avanza cuando nota que el corazón le late a un ritmo normal. En cuanto empieza a desplazarse, sin embargo, se desboca otra vez. Sigue.

No tarda en recorrer la distancia que lo separa del otro lado. Siente nervios por todo el cuerpo. Le llama nervios, pero muy bien podría llamarlo miedo. Avanza agachado. Da solo tres pasos. Al tercero, un tiro lo agarrota. Primero piensa que le ha pasado muy cerca. Ha oído el silbido. Pero de inmediato descubre que se le ha clavado en el muslo, casi en la ingle. Está sangrando. Le quema la carne. Tapona la herida con una mano. La bala está dentro, tiene el tejido muscular destrozado. Agradece a la suerte que no le haya tocado la femoral. Cae sentado al suelo. No se atreve a moverse, ni hacia delante ni hacia atrás. Oye ruido. Souza se le acerca. Lleva una linterna. Le enfoca los ojos y lo deslumbra.

«Te esperaba. Has tardado». Chasquea la lengua. «¿Pensabas que no estaría alerta, al bajar la marea?».

«Estoy herido». Prendel se marea.

«Tendría que haberte matado».

«Estamos en paz».

«No vuelvas a intentarlo, doctor, no lo hagas. La próxima vez la bala irá directa a la cabeza».

Prendel mira hacia arriba y distingue con dificultad la figura de Souza. Busca por dentro de la camiseta. Le da el libro. Lo mancha de sangre. Souza lo coge con brusquedad. Protegido por la oscuridad, Prendel aprovecha el momento para deshacerse de la jeringa y las ampollas. El riesgo de llevarlas encima y de que Souza las descubra es demasiado grande. El otro lo ayuda a levantarse y le ata las manos a la espalda.

«Me parece que ahora no haría falta...», intenta quejarse Prendel, pero Souza finge que no lo oye. El doctor se deja hacer, no se atreve a luchar contra un hombre armado, y menos aún herido como está. Souza carga con Prendel. Avanzan en la oscuridad. Nelson jadea. Los dos hombres son corpulentos; cuesta arrastrar el cuerpo de Prendel, que apenas puede caminar.

Cuando llegan al refugio de Souza, Mathew queda anonadado. Están en una zona amplia que se adentra en la montaña. Hay un fuego encendido que ilumina con generosidad toda la zona. Mathew echa un rápido vistazo. Nelson Souza vive una vida muy diferente de la suya. Nelson tiene alimentos enlatados, tiene vasos y cubiertos, whisky y cigarrillos, tiene botes donde calentar la comida y, lo peor y más grave de todo, tiene un bote salvavidas. Ahora comprende de dónde ha sacado el botiquín, el kit de pesca, y ahora se da cuenta de que debe de tener, por fuerza, un equipo completo de bengalas y señales para avisar de su presencia en aquel maldito islote. Mathew entiende por qué Nelson ha querido vetarle su territorio desde el principio. No quería que viera el bote, que pudiera acceder a él. Nelson tenía el salvoconducto preparado y no quería que Prendel tuviera constancia de ello. Seguro que había calculado que el doctor no soportaría pasar en el islote un tiempo indeterminado si conocía la existencia de un medio para irse.

Souza le ata también los pies. Mathew se ha convertido en un prisionero de guerra. En todo aquel rato no han intercambiado ni una sola palabra. Finalmente, Prendel se desmaya.

Cuando vuelve a despertar es de día. Continúa atado. Está tumbado sobre una cama de hojas. Ve a su lado el botiquín que guardaba en su refugio. Nelson está cerca, lo llama.

«Has estado inconsciente», le explica Souza. «He aprovechado para ir a buscar el botiquín a tu cabaña». Lo dice con sorna. «Te he inyectado morfina, te he quitado la bala y te he cosido la herida lo mejor que he podido. Me enseñó Gerardo, un día, con unos conejos muertos. Cosimos unos cuantos. Lo he hecho de la misma manera».

«Es un consuelo que tengas experiencia», dice Prendel con ironía, y a la vez comprende que Nelson es un hombre autosuficiente que conoce rudimentos médicos como para no necesitarlo.

«Por cierto, he visto que faltaban algunas ampollas de anestesia y, casualmente, después las he encontrado por el camino, cerca de donde te disparé».

Prendel entiende que es una acusación. No contesta, no protesta.

Souza le dice que pasará unos días allí, con él, hasta que se recupere lo suficiente como para volver a irse.

«¿Por qué no me has dejado morir?», quiere saber Prendel. «Ahora te debo dos vidas».

Souza sonríe.

«No soy un asesino», dice Souza. «Hay lugares de los que no es posible volver jamás», asegura. «He visto gente realmente trastornada, después de cometer un crimen, doctor. La gente pierde la razón, créame. No se lo recomiendo».

«Hombre, yo más bien me dedico... me dedicaba a salvar vidas».

«Se dedicaba, claro. Aquí casi acaba con una, la mía».

«En defensa propia».

Souza se encoge de hombros. El doctor sigue:

«La verdad es que ya hacía tiempo que no me dedicaba a la medicina, antes de salir de viaje. Enseñaba en la universidad, pero tampoco me sentía cómodo».

Y Prendel explica a Nelson Souza algunas de las razones por las que decidió hacer el viaje con el Queen. Y lo que sintió cuando se vio solo en medio del Atlántico, mirando cómo quedaban atrás sus amigos, cómo se alejaba su velero. Su salvación y su pasado, todo junto, todo de golpe. La vida.

«No has llevado una mala vida en Nueva York. Siempre he querido ir», declara Souza. «Creo que me habría gustado nacer allí, al otro lado del Atlántico», añade.

«No encuentras nada que no tengas aquí», comenta Prendel, y con un gesto le pide un cigarrillo, que Souza le pasa encendido.

«Bueno, la gente siempre sueña con lo que no tiene. Quizá a ti te habría gustado nacer en Europa o, qué sé yo, en Argentina». Nelson enciende un cigarrillo también para él. Aspira el humo, lo mantiene un rato dentro y luego lo expulsa con fuerza, soplando, como si expulsara también los deseos que nunca se le han hecho realidad.

El doctor Prendel niega con la cabeza:

«Lo que importa es lo que haces con tu vida, no dónde lo haces».

Souza no contesta. Parece pensativo. Prendel se siente cansado. Apaga el cigarrillo, se tumba y se duerme.

Aquellos días, mientras el doctor se recupera de la herida, él y Souza sostienen largas conversaciones. Sobre la familia, el pasado, el futuro. Al principio de una manera lacónica; después ya no, después con el ánimo que da la necesidad. No se puede decir que establezcan ninguna clase de vínculo amistoso, porque Prendel sigue atado de pies y manos y Souza armado y en estado de alerta, pero sí es cierto que consiguen una sensación de empatía que solo otorga el anonimato de una situación excepcional.

Al cabo de diez días, el doctor empieza a mover la pierna. No ha hecho ningún intento de huida, es obvio que no tiene a dónde ir. Además, sigue atado. Souza teme un ataque y solo lo desata bajo vigilancia, para que haga sus necesidades o para que coma.

«Creo que ya estoy bien como para irme», comenta Prendel una mañana cuando Souza vuelve de pescar.

Souza lo mira, se agacha a su lado, le da una taza con agua.

«Está claro que tú puedes valorar tu estado mucho mejor que yo, doctor».

Prendel pide a Souza que lo ayude a ponerse de pie, da algunos pasos.

«Mañana», dice. «O pasado mañana».

«No hay prisa», le asegura Souza.

«Gracias por casi matarme», dice Prendel mientras vuelve a sentarse. «Y por no hacerlo», añade con una sonrisa amarga. «Aunque, mira, la verdad, quizá me harías un favor si me matases. No me espera nada, en tierra. Voy a vivir amargado por todo lo que ha ocurrido aquí, culpable por haber llevado a mis amigos a la muerte, rabioso por el fracaso, inútil, incapaz de dar clases ni de operar, viviendo quizá con mi padre, retirado allá en Georgetown, esperando que me llegue la muerte antes que a él. Mientras sigo aquí, por el contrario, siento que expío mi culpa. Mi sufrimiento me resulta útil. Tú en cambio tienes ganas de vivir, de volver al mundo, de reencontrar lo que dejaste atrás. ¿Tienes familia?».

«Cuando salí de Lisboa mis padres estaban vivos, sí, y tenía un par de hermanos, Lídia y Miguel. Lídia es dos años más joven que yo, profesora de Matemáticas en el instituto donde estudiamos juntos. Miguel es mecánico de motos. Está casado y tiene dos niños. Mis padres tienen una tienda de ultramarinos en el barrio de la Alfama».

Prendel piensa que a buen seguro Nelson se inventa todo lo que le explica, pero no se plantea reprochárselo porque, en medio de aquella noche de desgracia, le apetece la historia más corriente del mundo, el abecé de una familia y sus trabajos y sus lazos. Le apetece oír hablar de aquellas cosas.

Él mismo ha dicho unas cuantas mentiras y unas cuantas verdades, como si estuviera chateando desde su céntrico apartamento en Nueva York, y supone que Souza ha hecho lo mismo. Comprende que no importan las historias, sino el hecho de contárselas. En aquellos momentos no necesitan un conocido, en el amplio sentido del término, sino un compañero, alguien al lado que hable, que diga lo que sea, que los humanice.

Al día siguiente, en efecto, Prendel asegura que ya está bien para irse. Han pasado once días. Souza se ha encargado de que no le faltase de nada. La isla de las contradicciones, la bautiza Prendel. Hacía días que le buscaba un nombre. Se lo comenta a Souza, que le dice:

«¿Te parece importante, doctor, cómo se llame este trozo de tierra perdida?». Se lleva el índice a la sien y lo mueve en señal de que Prendel ha perdido el oremus.

«Ponerles nombre a las cosas parece una buena manera de hacerlas existir», apunta Prendel, no demasiado convencido. Y piensa que quizá los dos, sin darse cuenta, pasan por momentos transitorios de locura. Aquel calor asfixiante, aquella situación, no son para menos. Y que en aquellos estados son capaces de cualquier cosa. Piensa que si consiguen salir de allí, si llegan juntos a la civilización, pueden llegar a ser amigos. Su odio se está transformando en tolerancia. ¿Qué habría hecho él en la situación de Souza? Plantearse esta pregunta es empezar a salir de uno mismo y ser capaz de mirar el mundo, como mínimo un instante, con otros ojos. Qué habría hecho él. Y se da cuenta de que no es capaz de darse una sola respuesta.

«Ahora sé que sabes que tengo un bote, Prendel. Ahora no bajaré la guardia. Ve con cuidado con lo que haces. Te he garantizado que saldremos de aquí. Te dije que tenía un plan. Y lo tengo. Pero será cuando yo diga, ¿entendido?».

Prendel asiente con la cabeza. No le queda más remedio que acatar órdenes.

«No puedo confiar en ti, me ha quedado claro. El libro era una prueba, Prendel. Pensaba: si no me lo devuelve en un par de semanas, no es de fiar. Y no eres de fiar. Los pactos, aunque se hagan sobre cosas mínimas, se hacen para cumplirlos. Hay que saber tener palabra. Y, además, has invadido mi terreno. Si te hubieras quedado en tu zona hasta que te fuera a buscar...».

«¿Habrías venido?».

«Sin duda».

«¿Cuándo?».

«Cuando sea, en un mes, tres, un año».

Prendel se ríe de una manera desaforada.

«¡Un año!».

«El tiempo pasa deprisa. La vida lo hace, Prendel. Un año, aquí, no es nada. Nada cambia, en un año, excepto la manera en que ves al otro. En un año, habría construido una confianza sólida».

«¿Y para qué la quiero, yo, tu confianza sólida?».

«¿Para salir del islote, por ejemplo? ¿Para acceder a unos privilegios de los que yo dispongo?».

Souza calienta agua en un bote, para hacer café.

«¿Y de dónde lo has sacado todo esto?».

«¿Por qué tendría que decírtelo?».

«¿Crees que podría hacer algo, con tu información, aparte de comérmela con aire?». El tono de Prendel es desafiante, a pesar de que su situación es mucho peor que la de Nelson. «Hace más de medio año que estamos aquí», comenta Prendel, como si hablara para sí mismo, pero seguro de que el otro lo oye. Y añade, en un tono hostil: «Medio año de sacrificios que tú has decidido. ¿No te bastó con ver que perdía a mis amigos, mi velero, mi vida? ¿Cómo querías que no intentara robarte un maldito libro?».

Nelson saca el bote del fuego. Pregunta:

«¿Café?».

«¿Whisky?», se atreve a proponer Prendel. Souza acepta y le añade unas gotas.

«No te lo repetiré. Se trataba de una prueba. Todos nos ponemos a prueba, Prendel. Todo el mundo sospecha de todo el mundo. Pruebas, pruebas, para todo pedimos pruebas. No tenemos suficiente con la palabra del otro, necesitamos que nos demuestre lo que dice. Es nuestra tragedia. ¿Cómo sé que puedo confiar en ti? ¿Cómo sé que puedo subirte al bote, cuando al final podamos irnos de aquí?».

«No puedes». Prendel sabía que arriesgaba la vida con esta declaración. Sabía, sin embargo, que si decía lo contrario, Nelson no le creería.

Souza ríe. Prendel sonríe:

«¿Cómo sabías que en la isla había un bote?».

«No te va a servir de nada que te lo cuente».

«Para saciar mi curiosidad, al menos».

«Todo esto lo dejó aquí Gerardo, el cocinero del Solimán. Le daba pena, yo, a Gerardo. Me confesó la existencia del islote y me aseguró que, por circunstancias que no venían al caso, habían dejado material suficiente como para sobrevivir. Me lo dijo para que intentara escapar, supongo. Porque pensaba que no lo conseguiría, seguramente. O quizá creyó que le propondría que escapásemos juntos, no lo sé. El viejo Gerardo, de vez en cuando y si todavía vive, debe de pensar que tal vez estoy aquí. Si se lo dijera a los demás, no obstante, tendría que confesarles que me había contado la existencia del islote, y esta revelación comprometería su seguridad. Está todo bien atado».

«¿Y en cuánto tiempo crees que te habrán olvidado, Nelson?».

«La mortalidad entre los piratas es grande, Prendel. Mueren, se matan entre ellos, los matan sus víctimas. Confío en que dentro de unos años hayan cazado a unos cuantos y que otros cuantos la hayan palmado».

Prendel, decidido a volver a su jaula, empieza a caminar hacia la franja de arena que comunica con la otra parte de la isla.

«Aprovecho la marea baja», dice.

Souza lo detiene:

«Espera».

Le da los prismáticos. ¿Otra prueba?, calcula Prendel. Y acto seguido, después de que Prendel se los agradezca y comience a caminar de nuevo hacia su zona, lo sigue y le dice:

«Creo que ahora es tuyo».

Se refiere al libro de Conrad. Prendel lo coge. Mira a Souza, se guarda el libro bajo la camiseta, se cala la gorra y se va, cojo y poco a poco.

4

A partir de aquel momento Prendel vive desesperado. Conocer la existencia del bote, en efecto, lo ha trastornado. Ahora sí que se siente prisionero. No puede huir, no puede atacar. Lo único que puede hacer es esperar, sobrevivir y esperar.

Pero ahora que han quedado las cosas claras, Souza se deja ver más a menudo. Hay noches en que incluso comparten alguna partida de ajedrez, que siempre gana Prendel.

«En algo tienes que obtener la victoria», lo provoca Nelson. «Donde yo no soporto perder es en la vida», añade.

Y Prendel le pregunta cómo lo sabe, si pierde o gana, en la vida. Cómo lo sabe, si tantas veces cuando parece que uno pierde en realidad está ganando.

Prendel lo conservará para siempre, el juego de ajedrez. Simboliza la partida que le ganó a la vida, si es que sobrevivir es ganar.

Algunas tormentas, días de calma, crestas de ansiedad insoportables y momentos de abandono absoluto.

Prendel no deja de darle vueltas a lo mismo: no puede entender que Nelson decida postergar la salida. No acaba de creer en sus explicaciones. No le cuadran. Valora la posibilidad de que Nelson esté mal de la cabeza, que haya perdido de verdad la capacidad de discernir. ¿Qué hace, día tras día, en su minúscula franja de isla?

Sabe que es arriesgado, que no debería hacerlo, porque el Atlántico puede traicionarlo, porque los tiburones no están demasiado lejos, porque Souza puede descubrirlo, pero Prendel decide nadar, adentrarse en el mar con un tronco que lo ayude a flotar y llegar a la altura del islote donde vive el enemigo. Quiere ver qué hace. Necesita saber más.

Así que un día de relativa calma, un día en que no sopla un viento fuerte ni hay mar de fondo, un día con buena visibilidad, Prendel calcula la hora en que el sol no lo deslumbrará cuando esté frente a la isla, y sale convencido con los prismáticos al cuello.

Poco después de empezar a nadar se paraliza. Tiene miedo de ahogarse. Los días pasados en el mar, justo después de perder amigos y velero, invaden su imaginación. Se le agarrotan las piernas, respira de manera agitada, siente que está a punto de tener un ataque al corazón. Ya no hace pie, pero está muy cerca de la playa. Se hunde, traga agua, vuelve a sacar la cabeza, tose, se marea, se le escapa el tronco, no ve nada, le parece que las piernas tocan algo duro, un tiburón, grita, la herida del muslo le tira de una manera tan dolorosa que le resulta casi insoportable, está perdido. Prendel piensa que Souza está a punto de quedarse solo en el islote. Y este pensamiento, como si fuera una aguja clavada en un punto neurálgico, lo revive, lo devuelve al mundo. Nada. Sin interrupciones. Una brazada tras otra. Se adentra suficientes metros como para que Nelson no pueda identificarlo, si ve un bulto. Nelson no tiene prismáticos. Llega al lugar que ha calculado, justo frente a la cueva de Souza. Se apoya en el tronco como puede, coge los prismáticos, los gradúa y busca al hombre. No tarda mucho en encontrarlo. Y tampoco tarda mucho en darse cuenta de que no entiende lo que hace. Parece que Nelson Souza busca algo. Golpea con algún instrumento que no identifica objetos que tampoco identifica. Va de un lado a otro. Se sienta, espera, vuelve. De repente, dispara el arma. Prendel esconde la cabeza bajo el agua. ¿Quizá lo ha visto? Cuando vuelve a la superficie descubre que Souza sigue disparando, pero que lo hace contra la arena primero y luego contra la montaña. Y al cabo de un momento al aire. Entonces Prendel se convence: Nelson ha perdido la cabeza. Algunas veces había oído disparos, desde su parte de la isla, pero había pensado que Nelson disparaba contra alguna serpiente, contra algún pez. Lo observa todavía un rato más, que no hace sino confirmar las peores sospechas. Nelson Souza parece un descerebrado poseído por una obsesión insensata.

Claro que sí, ha estado bajo el yugo de un loco,

un hombre sin capacidad de razonar o, peor todavía, un hombre armado sin capacidad de razonar. Cuántas veces las armas acompañan la demencia, o al revés. Quizá Nelson Souza había perdido el juicio al lado de los piratas o quizá había sido en el mar, mientras nadaba con terror hacia el islote, consciente de que su herida sangrante podía atraer a los tiburones, o quizá había sido ya en la isla, sí, no es un secreto que los isleños tienen tendencia a la locura, y qué no le va a pasar, entonces, a un hombre que llega a un islote de forma accidental, a un hombre que tiene que quedarse en ella.

Prendel empieza a nadar hacia la costa otra vez, apoyado en el tronco. Está cayendo la tarde, la poca luz que queda dibuja con nitidez el perfil de la montaña, intensifica el color de las cosas; tiene la sensación de ver un cuadro impresionista, un cuadro que solo se aprecia desde lejos y que, desde cerca, pierde su sentido. Quizá es él quien ya no sabe lo que dice. ¿Puede asegurar que conserva la capacidad de razonar, él? Y en ese caso, ¿qué hace nadando en el Atlántico para vigilar a un hombre armado que lo ha amenazado de muerte?

O tal vez ninguno de los dos está en sus cabales. ¿Cómo pueden estar seguros de que conservan la salud mental? ¿Qué tipo de pruebas deberían hacerse, para saberlo? No tienen visiones, no oyen voces interiores, no se sienten mesías. ¿Es suficiente?

Prendel llega a su playa. Está desnudo. Se tumba en la arena, cansado. Se acuerda de cuando hacía lo mismo, de niño, siempre que los padres lo llevaban a la playa. Quedaba rebozado como la carne y su madre lo reñía porque después encontraba arena en la casa durante días y días seguidos. Y por primera vez desde que ha llegado al islote, Prendel llora.

5

Un hombre sin un objetivo empieza a abandonar su condición de hombre y se acerca a la de animal. Prendel ya no alberga ningún propósito. Ha querido coger a Souza por sorpresa, ha intentado robarle las armas, le ha suplicado, le ha exigido. Ha esperado. Ha desesperado. Ha argumentado. Ha sido inútil. Ha intentado construir una embarcación, sin resultados. Se ha marchado unos cuantos quilómetros nadando, para escapar, y ha tenido que volver vencido.

Al final, ha renunciado. Se ha abandonado a la isla, se ha convertido en parte de ella. Ha arrinconado cualquier intención y sobrevive del modo en que lo hacen sus presas, ya sean gusanos, lagartos o insectos. Se mueve lo estrictamente necesario. Ha perdido por completo la noción del tiempo y tiene la memoria bloqueada. Ha tirado el reloj al mar, no apunta los días que pasan en el calendario de piedra. Ha asumido que no podrá salir de allí nunca.

No tiene prisa, pero ha decidido que un día u otro acabará por suicidarse.

Prendel pasa los días junto a su refugio, que ya no es más que una ruina, bajo una sombrilla. Ha tenido que fabricar unas cuantas, desde que ha llegado. Se han ido deshaciendo bajo la lluvia, el viento y el sol. Siente que, de alguna manera, es la reproducción perfecta de su padre en el jardín de su casa en Georgetown. Piensa que si tenía que acabar como el viejo, tampoco pierde nada por adelantarse algunos años. A veces se levanta, se moja los pies a la orilla del mar y vuelve. Escoge cada día un punto fijo para clavar la mirada. De vez en cuando ve pasar a Souza. Hace tiempo que no se hablan. No se necesitan.

Souza alguna vez se le ha acercado, le ha llevado algo de comer, le ha dicho que tuviera paciencia, que ya no faltaba tanto para que se fueran. Prendel no lo ha escuchado. Ya no le cree ni le importa.

***

Un día, seguramente al cabo de unos meses, Nelson Souza se le acerca corriendo, exultante.

«Podemos irnos. En un par de días o tres podemos irnos, Prendel. Solo hace falta que preparemos las cosas y podemos irnos».

Prendel no contesta, ni siquiera lo mira. Quizá no le cree, quizá no lo oye.

«¡Prendel!». Souza grita, se le acerca, lo sacude. Está excitado. «Podemos irnos. ¿Y sabes por qué? Porque he encontrado lo que buscaba. ¿Me oyes?

He encontrado lo que buscaba. Así que podemos irnos».

Estas son las palabras que Prendel utiliza como gancho para aferrarse y volver a la realidad. La esperanza necesita siempre un punto de partida. ¿Ha encontrado lo que buscaba? ¿Es eso lo que ha dicho? O sea que sí que buscaba algo, que no habían sido imaginaciones suyas, que Souza era un loco, pero con argumentos.

«Tenemos que juntar agua suficiente y comida. Pasarán muchas millas antes de que nos encontremos con algún barco que pueda rescatarnos, ¿oyes?». Souza no parece el mismo, habla deprisa, con voz muy fuerte. Está fuera de sí. Parece realmente otro hombre.

¿Qué habrá encontrado? Prendel no se atreve a pedir explicaciones. Qué más da, si por fin van a salir de allí. Su cerebro empieza a moverse poco a poco. Piensa que aquellos días sopla un viento del suroeste muy propicio para abandonar la isla en el bote salvavidas. La corriente de agua los ayudará a alejarse. El corazón se le acelera. Quizá sí, piensa. Puede que sí. El hombre que habita en su interior reacciona.

Se levanta, por fin, y mira a Souza. ¿Cómo puede saber que aquel hombre no lo va a matar en cuanto suban al bote o incluso antes, o en el momento en que lleven días en la mar y empiece a faltarles agua o comida? Pero se necesitan. Para remar, dos mejor que uno. Para todo, dos mejor que uno. Souza dijo muy claramente que no hay que matar a un hombre que puede serte útil. Necesitan confiar el uno en el otro. No es que confíen, es que lo necesitan.

Se reparten el trabajo. Prendel se encarga del agua. Tendrá que llenar todos los recipientes que pueda encontrar, aparte de las cantimploras. Souza se ocupa de la comida. Una vez abandonen la isla ya no podrán volver atrás. Deben estar seguros de que dan todos los pasos necesarios.

Son tres jornadas frenéticas. Revisan una vez tras otra todo lo que les hará falta. Están nerviosos. Están eufóricos. Están a punto de irse.

La noche antes de la salida beben el whisky que les queda. Se relajan. Están en el refugio de Souza, en su territorio. Saben que pronto van a compartir un espacio mucho más pequeño y comprometido que un islote. Unos días difíciles.

«No te debo ninguna explicación —dice Souza—, pero voy a dártela».

Prendel espera. Hay luna llena. El fuego con que han preparado la cena ya es solo brasa. Souza había guardado algunos cigarrillos. Fuman. Hay una cierta normalidad en lo que hacen, es como si hubieran vuelto a ingresar en la civilización.

«Te he dicho que había encontrado lo que buscaba».

Prendel se encoge de hombros y le confiesa, con pelos y señales, su excursión con los prismáticos, el modo en que lo había espiado y en que había descubierto que estaba buscando algo. Ya no tiene nada que perder.

Souza no da importancia a la revelación, como si ya supiera que había tenido lugar. Le explica que había estado a punto de volverse loco, que había llegado a pensar que lo que buscaba no existía, que había sido una tomadura de pelo de Gerardo, o el producto de un delirio.

Prendel escucha, expectante.

«Esto era lo que buscaba», dice Nelson Souza, y le enseña a Prendel tres pequeñas bolsas oscuras. «Diamantes».

Entonces le cuenta que el Solimán trafica con las armas que nutren las guerras africanas y que cobra en diamantes. Hacía tiempo, Gerardo había convencido a su ayudante, un chico joven y poco experimentado, de que debían aprovechar alguna ocasión para quedarse con parte del botín. Gerardo tenía un plan. Habían entrado a puerto unos días.

«Estaban en Nigeria, en el puerto de Lagos. Tenían que quedarse allí un par de semanas. Esperaban un nuevo cargamento de armas. Los diamantes de la última entrega estaban a bordo. Gerardo sabía dónde. Persuadió al ayudante para que robaran un yate con el que llegar al islote. Una vez allí, esconderían los diamantes y volverían a bordo sin que nadie se diera cuenta. Al cabo de un tiempo, cuando todo se calmara, irían a buscarlos. Todo fue según lo pactado. Pero como es natural, Gerardo no había explicado al joven el plan completo. Una vez llegaron a la isla y escondieron el botín, Gerardo mató al ayudante, bajó el bote salvavidas y regresó solo a dejar el yate donde lo había encontrado. Con suerte, nadie se habría dado cuenta de que faltaba. Los yates de recreo se pasaban meses durmiendo en los puertos sin que nadie los visitara. Y de todos modos, él había creado un culpable. Nadie en el Solimán dudaría de que el ayudante de Gerardo había robado los diamantes y había huido sin dejar rastro».

Prendel mira a Nelson con horror y dice:

«Así de fácil. Un trabajo limpio, sin duda».

«La vida es dura, doctor. Y cuando uno ve que se acerca el final, a veces toma medidas drásticas». Nelson da un sorbo a la taza de whisky. Se lo acaba y se sirve más.

Prendel sigue su ejemplo y acto seguido pide a Souza que termine de contarle la historia. Piensa que Souza ha bajado la guardia, que sabe que él ya no es una amenaza, que lo único que quería era irse de la isla y que ahora que se lo ha concedido, ya no tiene nada que temer.

«Gerardo pensaba volver a la isla de un modo u otro. Precisamente porque no sabía cómo ni con quién, había dejado un equipo de supervivencia completo. Poco antes del ataque al Queen, el viejo cocinero había empezado a tener fiebre. Malaria. A veces deliraba. El médico dijo que no se salvaría».

Souza siguió con la historia hasta el final. Prendel lo escuchaba como si, en realidad, le estuviera narrando una aventura de ficción.

Cuando el Solimán atacó el barco del doctor Prendel, Gerardo, que pensaba que no se salvaría, ya le había explicado a Souza toda la historia. No le dijo, sin embargo, dónde había escondido los diamantes. Souza había decidido que no se iría de la isla sin ellos. Había una auténtica fortuna. Como para que vivieran varios hombres unas cuantas vidas con toda clase de lujos.

«Para resarcirte, te daré una parte», y le tira una de las tres bolsas.

Prendel no da crédito; no puede hablar. Souza habría podido tardar mucho más tiempo en encontrar los diamantes, años. Habría podido ser un delirio del cocinero. Habrían podido recogerlos otros antes de que Souza llegara a la isla. Habrían podido pasar el resto de sus vidas allí solo porque aquel hombre tenía la estúpida ambición de hacerse rico. Se indigna y explota. Grita, insulta, se siente engañado, estafado, burlado. Tira la bolsa de diamantes a la cara de Souza.

«¿En serio piensas que un puñado de diamantes es tan importante como para hacerse prisionero?».

«Es lo que mueve el mundo, no nos engañemos».

«Hay otras cosas que mueven el mundo. Querías huir de los piratas porque te sientes diferente. No te engañes, eres lo mismo, pero peor».

Souza se levanta. Prendel ya lo ha hecho un momento antes. Las figuras de los hombres quedan recortadas en la oscuridad por el reflejo del fuego. Nelson se acomoda en el cinturón las dos armas de que dispone. Prendel da un paso atrás. Valora su situación: no puede enfrentarse a Nelson justo ahora. Calla.

«Te equivocas», le dice Souza. «Ya verás que te equivocas». Se estira, bosteza, se frota la cara con las dos manos. «Deberíamos descansar un poco».

En aquel instante, Prendel se da cuenta de que es muy probable que Nelson lo mate antes de que se haga de día. ¿Por qué, si no, le habría explicado aquella historia y, peor aún, habría estado dispuesto a compartir con él su fortuna? Prendel sabe que los diagnósticos se hacen a partir de síntomas, y no hay duda de que son muy claros.

El doctor Prendel es víctima del terror. No quiera dejar solo a Nelson, aquella noche, porque tiene miedo de que zarpe sin él, pero tampoco quiere quedarse a su lado, porque teme dormirse y no volver a despertar.

Los hombres se separan unos metros. Los dos están delgados, llevan barba, el torso desnudo. Se parecen. Preparan cada uno su lugar para pasar la noche. Prendel se queda sentado, con la espalda contra una roca. Fuma un último cigarrillo. Sabe que debería dormir, que debería descansar porque, en el mejor de los casos, le esperan jornadas de navegación dura y agotadora con un desconocido del que no puede o no quiere fiarse, pero no es capaz de cerrar los ojos. Y es extraño, que no pueda, porque si algo le ha enseñado navegar solo es a dormirse deprisa, en cualquier sitio y durante tiempos cortos.

Mira al otro, todavía despierto, y piensa que todo parece de una naturalidad monstruosa. Quizá ha sido el whisky, que los ha relajado en exceso.

Levanta la cabeza y reconoce las estrellas. Betelgeuse, Rigel, Bellatrix. Más allá Sirio. Aldebarán. Las siete hermanas. Y Cástor y Pólux. Siempre le han gustado los nombres de las estrellas. Y guiarse por los astros más que por el compás. A pesar de que la estrella guía había que cambiarla cada poco, a medida que se avanzaba y se modificaba la posición. Ya no las verá más desde aquella isla, piensa sin nostalgia. En unos días todo habrá acabado y él será otro hombre.

6

Y hasta aquí quería llegar, Phoebe. Ya perdonará que haya dado tantas vueltas. Puede que piense que soy un monstruo. Pero tiene que entenderme. Usted tiene que entenderme. Solo usted puede. Sé que tendría que haberme suicidado al día siguiente, doctora Westore. No fui capaz de confiar en aquel hombre. Me salté todos mis principios. No fui capaz de respetar la vida humana. Y no voy a negárselo: no solo sentí miedo, los diamantes también me pasaron por la cabeza. Pensaba que, como yo, el otro intentaría pasar la noche despierto. Ya de madrugada, sin embargo, vi que lo había vencido el sueño y que dormía profundamente. No recuerdo si tuve un instante de duda o si el impulso me ganó de inmediato. Me levanté y, poco a poco, me acerqué a él. Una vez a su lado, cogí un arma con un movimiento rápido y violento y le disparé un solo tiro, definitivo. Le disparé a aquel hombre por segunda vez y, en esta ocasión, creo que murió. Él se fue a dormir con la idea de que al día siguiente embarcaríamos y seríamos iguales, el uno y el otro supervivientes imposibles. Me tortura por igual la idea de haberlo matado como la idea de haberlo dejado malherido. ¿Se imagina?

Instantes después de disparar sobre él yo ya estaba en el bote salvavidas, remando mar adentro, con el corazón desbocado por las dos cosas radicales que acababa de hacer: matar y salvarme.

¿Usted podría perdonarse? Todos estos años lo he intentado, en vano.

No fue hasta muchas millas más tarde que encontré su carta. Mejor dicho, sus cartas. Una en inglés, dirigida a mí. Otra en portugués, para su familia en Lisboa. La de la familia se la doy ahora a usted, doctora Westore, para que se la haga llegar. Tardé en leerla; lo hice cuando encontré a alguien que me la tradujera. Todo lo que me contó era cierto. Su espíritu viajero, la tienda de ultramarinos de los padres, sus hermanos, el enamoramiento de Cecilia, la especie de secuestro al que lo sometieron los piratas y su deseo de huir, la información del cocinero. Souza no mentía. No hablaba en vano. Era un hombre cara a cara. Alguna mentira suya habría hecho quizá más llevadera mi traición. Es importante que se ponga en contacto con su familia. Aunque sea tarde, tienen que saber que su hijo, que su hermano está muerto. Es mi deuda, ¿lo entiende?

La carta que iba dirigida a mí la he destruido. La tiré al mar en aquel mismo momento, como si me quemara los dedos. Me decía que solo encontraría la carta si lo había matado. Y que si lo había matado, por un lado me pedía que hiciera llegar aquella misiva a su familia y por el otro me compadecía sin límite, porque nunca más encontraría la manera de abandonar aquella isla.

Y así ha sido, doctora Westore. Aún estoy allí, intentando cada día enmendar lo que hice. Qué irreparable es la muerte y qué diferente es un hombre antes y después de matar. Qué bien lo había visto él. Me alegra que me llegue el final, querida Phoebe, porque será la única forma de acabar con la culpa.

Tiene que disculparme por no habérselo contado nunca. ¿Pero de qué no sería capaz un hombre como yo? Me he despreciado día y noche, todos los días de mi vida desde que subí al bote. He querido convencerme de que el otro me habría matado en plena travesía, que no habría sido capaz de compartir conmigo los diamantes y menos aún la comida o el agua escasas para tantos días como podían necesitarse antes de encontrar la salvación. En vano. Él era un hombre de verdad. No me habría matado, pero yo lo maté para impedírselo.

Los diamantes. La mayoría siguen en mi poder. Tenía razón: dan para vivir unos cuantos hombres muchas vidas. Son para usted.

He podido vivir todos estos años con este secreto, pero no puedo morir con él. Publique mi historia con nombres y apellidos, doctora Westore. Y piense que, si se lo pido, es para morir más tranquilo, por nada más. Soy un miserable y pienso que quizá la confesión sirva, en parte, para expiar mi culpa.

Epílogo

Acompañé al doctor Prendel hasta el momento de su muerte sin plantearme qué opinión me merecía un hombre capaz de matar así, a sangre fría. Recordé las palabras de mi abuelo: «Bebe demasiado, y eso siempre es por algo, Phoebe, la gente siempre se bebe en forma de alcohol las cosas para las que no encuentra solución».

Después pedí una excedencia para venir a Lisboa. No formaba parte de la promesa, pero la carta de la víctima del doctor me inquietaba y necesitaba conocer a los Souza. No lo hacía por Prendel, lo hacía por mí. Quizá para acabar de entender por qué un hombre es capaz de hacer lo que había hecho el doctor, cómo una persona es capaz de transformarse hasta ese extremo.

***

Ahora que estoy aquí, que he acabado de escribir lo que Mathew me contó y que estoy a punto de conocer a la familia de Nelson, me flaquean las fuerzas. ¿Tengo que decirles que su hijo está muerto? ¿Debo darles una carta antigua, lejana, escrita por alguien que no existe desde hace tanto tiempo? Dudo mucho, de manera que salgo del hotel, cojo un taxi y le doy la dirección sin saber todavía qué voy a decir. Llevo, eso sí, la carta en el bolso, como si mi bolso fuera la botella que el náufrago esperanzado tira al mar. La he leído más de una vez: «Queridos hermanos y padres, si esta carta llega a vuestras manos, sea cuando fuere y os la lleve quien os la lleve, querrá decir que no hace mucho que he muerto...». Pobre Nelson, pensaba que un hombre capaz de matarlo tendría la decencia de hacer de mensajero.

No me costó mucho localizar a los Souza. Las indicaciones que Nelson le había dado a Mathew eran suficientes. La familia aceptó recibirme porque, cuando contacté con ellos por teléfono desde Nueva York, les dije que tenía noticias del hijo desaparecido y que era necesario que se las diera en persona. Por suerte, había estudiado la lengua lusa en la universidad, y aunque la tenía oxidada, todavía la recordaba.

Llego a casa de los Souza. Me abre la puerta una mujer de aproximadamente mi edad, que debe de ser Lídia, la hermana de Nelson. Y sí, lo es, porque me lo dice enseguida, mientras abre camino hacia la sala. Una sala pequeña, llena de muebles chapados de formica brillante imitación madera. Es mediodía, pero como hace calor, tienen la persiana medio bajada, de manera que hay una cierta penumbra. Me piden que me siente a la mesa, cubierta con un hule que tiene dibujadas cafeteras, tazas, cubiertos y todo tipo de utensilios relacionados con la cocina.

Me apoyo y los brazos, sudados, se me pegan al plástico. Cuando, incómoda, los retiro, lo levanto un poco. Me sirven un vaso de vino tinto y unos tacos de queso. Se sientan a mi alrededor, excepto Miguel, el hermano, que se queda de pie. La madre me mira con ansiedad. No se atreve a preguntar. Hace años que su hijo está muerto, piensa. Hace casi veinte años que no saben nada de él. Lo han intentado todo. Han fracasado cada vez. Se lo tragó la tierra. O el mar.

«Nelson era un aventurero», dice el padre, y habla en pasado. Ha descubierto en mi expresión que sus sospechas no eran infundadas. «Nelson no era como sus hermanos; él necesitaba volar», y respira hondo, como si en lugar de aire buscara consuelo. «Se fue a Santa Helena; él la llamaba la isla prisión. Y ya ves si lo fue, una prisión, que ya nunca ha vuelto. Tenía una novia, allí. Tampoco supo nada más. Los compañeros de navegación de Nelson le dijeron que lo habían perdido en la mar durante un temporal».

Comprendo que cuando habla de los compañeros de navegación se refiere, y no creo que sea consciente de ello, a los piratas.

La madre llora con una naturalidad espeluznante. Cuántas veces debe de haber llorado sin darse cuenta, mientras hacía la comida o las camas o la colada. Como si tosiera o estornudase. Los hijos no la miran. Su marido, en cambio, le acerca una mano y ella se la coge como si le estuviera pasando la sal o el pan, en cualquier caso algo que ella le hubiera pedido porque lo necesita.

Cuando estoy a punto de hablar, de abrir el bolso y darles la carta, la madre de pronto se levanta, desaparece un momento, oímos unos ruidos de cajones que se abren y se cierran y vuelve con un álbum de fotografías. Se sienta sin agilidad, acerca su silla a la mía, arrastrándola, abre el álbum, busca y, por fin, se ve que llega adonde quería llegar. Me muestra una foto. Aparto el vaso de vino, que no he probado, para verla. Miguel dice:

«Es Nelson, justo antes de irse a Santa Helena».

Miro, y lo que veo me corta el aliento, porque quien aparece en la fotografía que me enseñan, solo, es el doctor Prendel de joven, sonriente, con aquel gesto suyo tan característico, el gesto que se le dibujaba en la boca cada vez que estaba a punto de hacer una de las suyas.

Me bebo el vaso de vino, todo entero, de golpe. Vuelvo a mirar la fotografía. El silencio que me rodea se parece al que me corre por dentro.

Oigo que Miguel, todavía de pie, me pregunta:

«¿Y usted, de qué lo conocía, a mi hermano?».

Pienso deprisa. Recuerdo lo que decía mi abuelo: «Nena, una mentira siempre lleva a otra; es mejor decir la verdad desde el principio». Pero ahora soy yo quien tiene un secreto, y lo quiero para mí. ¿Lo conocía, yo, a Nelson Souza? Soy consciente de que todos esperan una respuesta. Y el impulso llega solo, y me dejo llevar. Digo:

«Soy la viuda del único hombre que llegó a conocerlo de verdad. Es una larga historia», y me doy cuenta de que tendré que inventármela, que tendré que reescribir su vida mientras hablo.

La madre se levanta, dice «se quedará a comer, claro», y pide a Lídia que ponga «el mantel de flores» y a Miguel que baje «a comprar vino del bueno y postres». Y dirigiéndose a mí, me aclara:

«Teníamos una tienda de ultramarinos, pero ya no. Ya estamos jubilados».

Es obvio que no puedo negarme. La maquinaria familiar ha empezado a funcionar y ya es imparable.

Salgo de aquella casa cuando ya ha oscurecido. He dicho muchas mentiras. Todos somos capaces de decirlas. Me he inventado una historia que los ha consolado. Les he dicho que Nelson había salvado a Prendel y que, al salvarlo, había muerto. No deja de ser, hasta cierto punto, una verdad explicada de una manera particular.

Camino por las calles del barrio de la Alfama, tan empinadas como la verdad que he descubierto y que he decidido guardarme para mí sola. Siento que tengo derecho.

Encuentro una papelera, me detengo delante, saco la carta de Nelson Souza de mi bolso, la rompo y la tiro. Me cuesta saber si es un acto de amor o de venganza.

booket

www.booket.com

www.planetadelibros.com